ДАЛЁКИЙ ДИ КАНГКА
БЛИЗКОГО ГОРОДА

遥远的
狄康卡近乡

我自忧郁动身，抵达至福的中途

范行军 —— 著

孔 宁 —— 图

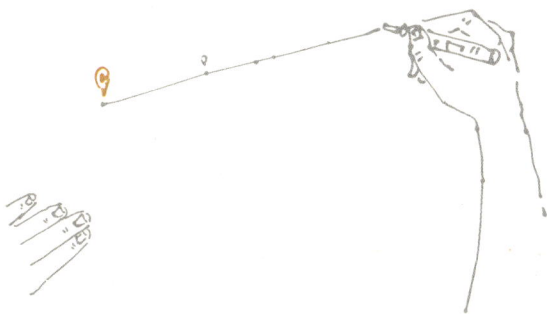

辽宁人民出版社

© 范行军　2022

图书在版编目（CIP）数据

遥远的狄康卡近乡：我自忧郁动身，抵达至福的中途 / 范行军著 . —沈阳：辽宁人民出版社，2022.2
（"思·行天下"系列）
ISBN 978-7-205-10329-3

Ⅰ.①遥… Ⅱ.①范… Ⅲ.①随笔—作品集—中国—当代 Ⅳ.①I267.1

中国版本图书馆 CIP 数据核字（2021）第 242335 号

策划人：孔宁

出版发行：辽宁人民出版社
　　　　　地址：沈阳市和平区十一纬路 25 号　邮编：110003
　　　　　电话：024-23284321（邮　购）　024-23284324（发行部）
　　　　　传真：024-23284191（发行部）　024-23284304（办公室）
　　　　　http://www.lnpph.com.cn
印　　刷：辽宁新华印务有限公司
幅面尺寸：145mm×210mm
印　　张：6
字　　数：120千字
出版时间：2022 年 2 月第 1 版
印刷时间：2022 年 2 月第 1 次印刷
责任编辑：阎伟萍　孙　雯
装帧设计：留白文化
责任校对：冯　莹
书　　号：ISBN 978-7-205-10329-3
定　　价：58.00元

当我谈论俄罗斯时，我谈论的是自己

p　　r　　e　　f　　a　　c　　e

　　一个雨天，我把《遥远的狄康卡近乡》的所有文字和图片，交给了出版社（俄罗斯旅行文化随笔系列的第一部《伏尔加河从灵魂里流过》，第二部《流放在温暖的西伯利亚》……）。之后，打着伞，走在雨中，回想三年两去之行程、六年三十多万字时断时续之写作，觉得有些话还是在前面说一说的好。也算是序吧。

　　在第一部开篇《没有一道门可以轻易地被打开，但是》结尾，我说："走出来，就是打开了一道门。而我，时刻愿是一本不安之书，一缕清风就可以翻开。"

　　现在，翻回过去。

　　我的少年时代离不开两本小人书：奥斯特洛夫斯基的《钢铁是怎样炼成的》，上下两册。我的文学启蒙则是三本小人书：高尔基的《童年》《在人间》《我的大学》。我从保尔身上学到勇敢，冬妮亚让我体味初恋，高尔基教我阅读、热爱人间、沉思苦难，向往月夜之下的伏尔加河。再后来，克拉姆斯柯依的《月夜》，让我现在写的小说里，清丽的女子都穿白色的裙子，而列宾《伏尔加河上的纤夫》使得我迷上绘画，美梦绵延。再再后来，普希金、果戈理、陀思妥耶夫斯基、托尔斯泰、柴可夫斯基、希施金、勃洛克……他们的诗、小说、音乐、绘画，构成了我的又一个故乡。

　　故乡，是要回的。

　　2015年8月的一个傍晚，我踏上了这片土地，低哼《莫斯科郊外的晚上》。翌日，经过四个多小时的车程来到了图拉州的雅斯纳亚·波良纳——这片"明媚的林间空地"，面对绿草丛中"世界上最美的墓地"，跪下来。这虔诚不为一人，而是对所热爱的精神家园之朝拜。

　　我从托尔斯泰身边的林间空地带走一瓶土（出关时险些搞出一场事故）；我在新圣女公墓靠着意念找到奥斯特洛夫斯基；我坐在红场冥想彼得大帝骑马而过；我在克里姆林宫看到普希金沉重的背影；我在十二月党人广场轻抚青青绿草；我在彼得保罗要塞撩起凉凉的涅瓦河水；我在果戈理的"涅瓦大街"想与陀思妥耶夫斯基的"地下室人"撞在一起；我在波罗的海岸边感受从芬兰那边吹来的风；我从圣彼

得堡带回一本俄文版的《樱桃园》……

问题随之而来，体现在写出的十九篇随笔上：走得还不多，看得还不细，想得还不深。我不再往下写了。我又开始阅读。重读、新读了一百多部有关俄罗斯的历史、哲学、文化、小说、诗歌、传记等。我用三年时间，为重返俄罗斯做了思想准备。

2018 年，还是 8 月，再次动身。

北京，拂晓前，飞机起飞，在叶卡捷琳娜堡短停，直飞圣彼得堡。在此，做了一次重要寻访，到芬兰湾昔日的库奥卡拉——列宾庄园。离开这座城市，乘坐高铁到特维尔，再转车至克林，探访柴可夫斯基故居，又坐上一列绿皮老爷火车到了莫斯科。再之后，飞抵克里米亚半岛的辛菲罗波尔，凌晨两点坐上出租车南奔雅尔塔，就为看契诃夫的故居。三天后西行塞瓦斯托波尔，追寻托尔斯泰参加克里米亚保卫战的足迹。再回辛菲罗波尔是在傍晚，又连夜飞往新西伯利亚，清晨落地，进城领略俄罗斯的第三大城市。此行，寻访了十多位作家、诗人、画家、音乐家的故居，探寻了六大公墓，在两大美术馆徜徉，站在雅尔塔"三巨头聚会"的现场，目送塞瓦斯托波尔"沉船纪念碑"的落日余晖。

行程两万多公里。

对了，这还没算上我跃入黑海奋力畅游的长度。对我来说，它很长。

从岸——到海。

其实，每一次行走，都是从岸——到海——再回到岸。

我在故居之间行走。我感觉，就像回到了熟悉的老房子，记忆可摸。在阿赫玛托娃的家，我靠近诗人，破旧的马灯再次点燃。我从一只有裂纹的碗、一条白色的披肩、一把破旧的椅子，沉思那些诗的诞生。

我在特列恰柯夫美术馆、普希金造型艺术博物馆、冬宫博物馆、圣彼得堡国家博物馆之间行走。行走，在绚烂与眼泪之间，在高大与卑微之间，在风云变幻与静水流深之间。美在高处，在心灵的近处。

一切都不寻常，一切都不一样——我默念着帕斯捷尔纳克的文字，在墓地之间行走。语言、色彩、旋律，会在墓地灵光闪现，彰显超然的神秘之力。两去新圣女公墓，先后拜谒沃尔科沃公墓、涅夫斯基修道院两大公墓、瓦甘科夫公墓……每次，都令内心宁静。在列维坦墓地，更能理解《墓地上空》的压抑和隐忍；在勃洛克墓地，比以往更懂得了：比水更静 / 比草更低。

遥远的 铁康卡
近乡

我晓得，不论怎样热爱诗人的诗、画家的画，也不可能成为诗人和艺术家，但这不重要。重要的是，去遇见苦难和梦想，遇见坎坷和诗意，遇见命运和光荣，遇见他们，就是靠近人生。从而，认知愈加丰富的世界。丰富，包括着不完美。正是不完美，让我每每急坠之下，得以抓住飞升的翅膀。站在波罗的海岸边，我想起波兰诗人扎加耶夫斯基"尝试赞美这残缺的世界"，看淡了一路的不顺。我习惯了在尘埃里找到精灵。

我卑微，故尊高尚。

每次行走，都能与善良相遇。在莫斯科的一个机场，有过被人为滞留十三个小时的无奈，更多的是得到帮助：凌晨两点从辛菲罗波尔坐上出租车赶往雅尔塔，司机全程无话，专注驾驶，却费时半个小时直到叫开酒店的大门方离开；还在雅尔塔，一个长相酷似普京的戴着墨镜的男人，带路二十分钟后转身远去，留下他握手的力度；在柴可夫斯基故居，当我要求再听一遍《船歌》时，乐曲便在老柴的钢琴旁再度响起；而在列宾故居，我紧紧拥抱了馆员大妈后，被允许随便拍照——哦拥抱，世上最美、最温暖的通行证。

行走的不确定性，带来的乐趣、惊险、意外乃至后怕，令人难以忘怀。在圣彼得堡，有一天走了三万多步，夜里十一点多又写日记，圆珠笔都支撑不住要合上的眼皮，第二天早起补写，一股浓烈的烧焦的味道伴着黑烟差点引发报警器，原来我将电水壶放在燃气灶上点着了火。哦，正是不确定性，才确保了可能性的无限广大，其中的迷途即是诗意。哈哈，也有笑话。

行走的遗憾，更是行走的魅惑。在圣彼得堡，错过了纳博科夫故居和他的蝴蝶；在塞瓦斯托波尔，与俄罗斯庞贝城——希腊古遗址赫尔松涅斯失之交臂；最后一站，没能走进新西伯利亚美术馆……正是遗憾，驱动了再次行走，都当最后一次，且宽宏以待，对人，对事，对过往。何必对部分生活而遗憾，君不见全部人生都多苦多难。

行走，是对自己的善待。

两次行走俄罗斯，三万多公里行程，自己越来越像自己想成为的样子。而那伏尔加河一如既往地激流澎湃，牵动着我走得更远，又且以空杯，默对繁华。

借翁贝托·萨巴的句式，结束亦开始：我自忧郁动身，抵达至福的中途。

2021 年 4 月于沈阳

目 录

c o n t e n t s

走出新圣女公墓

一

2015 年 8 月 16 日下午。小雨。新圣女公墓 [1]。

很多人。游客一眼就看得出来，跟着导游，匆匆穿梭，就像在特列恰柯夫美术馆 [2]，一个胖胖的台湾女导游，带领一帮人，来来回回于著名的绘画前，口若悬河。在这里和在阿尔巴特街、红场、克里姆林宫一样，中国游客兴致盎然而虔诚，大多四五十岁的年纪，十几个人，跟着导游去看果戈理、契诃夫、马雅可夫斯基，去看卓雅，因为《卓雅和舒拉的故事》，也会去看戈尔巴乔夫的夫人赖莎，还有王明 [3]。导游随站随讲，赫鲁晓夫、叶利钦、芭蕾舞后乌兰诺娃，要是遇到重量级人物、二战英雄、社会主义劳动模范，也会说上一两句。

有些人并不细听，只顾频频拍照。

---

1. 新圣女公墓：始建于 16 世纪，位于莫斯科城的西南部，起初是教会上层人物和贵族的安息之地。19 世纪，新圣女公墓才成为俄罗斯著名知识分子和各界名流的最后归宿。该公墓占地 7.5 公顷，安葬着 26000 多位俄罗斯各个历史时期的名人，是欧洲三大公墓之一。

2. 1892 年，帕·特列恰柯夫（1832—1998）将自己和弟弟的全部藏品、美术馆，捐赠给莫斯科市政当局。如今，该馆与圣彼得堡艾尔米塔什博物馆、巴黎卢浮宫美术馆、伦敦大英博物馆、纽约大都会博物馆齐名。

3. 王明（1904—1974）：1925 年加入中国共产党，后留学苏联，1930 年回国，曾担任中央高级领导，1934 年在党内推行"左"倾冒险主义路线，给革命事业造成极大危险。1956 年申请去苏联治病，从此长期滞留。

来来往往的人，单独的，几乎都是俄罗斯人，默默地，拿着鲜花，或空着手，走向自己想去看的人。

这里有26000多个墓地。

墓地也是目的地。就像我，必须找到奥斯特洛夫斯基[1]：一张消瘦的面孔，一顶布琼尼军帽[2]，一把骑兵军刀。敬礼——我需要这个仪式，来表达内心的崇敬。

>卓雅墓地（范行军摄）

二

>作者朋友孔宁在奥斯特洛夫斯基墓地前（范行军摄）

我不时地悄然走进墓地深处，小路两边都是墓碑，树枝拢住寂静。雨停了，会有雨滴从树叶上掉下，落在头上、脖颈上、手臂上，那种微凉似乎是一个提醒，让人不敢忽略每一个名字，每一朵花，每一棵草。眼前的墓碑大多比路边上的颜色深暗，很多碑底下长满苔藓，墨绿的，与地面浑然一体，仿佛是从地里长出来的。这样的墓碑前，没有鲜

1. 奥斯特洛夫斯基（1904—1936）：苏联著名作家。他15岁时参加红军，16岁时在战斗中不幸身负重伤，23岁时双目失明，25岁时身体瘫痪。他历时3载，创作了《钢铁是怎样炼成的》，保尔·柯察金成为无数青年的英雄。
2. 布琼尼军帽：以苏联红军骑兵之父布琼尼命名，军帽顶上尖尖的，整个帽子呈三角形，帽子中央有一个五角星，帽子边上还有可以折叠的护耳。

遥远的　狄康卡近乡

花、没有水果、没有香烟，也没有酒。在一座倾斜的墓碑前，我小心地将压在它顶上的一根枯枝移开，吹落上面的残叶，这时就见斜对面的一个墓碑前，一个老女人正弯腰拔着野草，白发明亮如雪。墓碑下埋着的，是谁？她的先人，她的丈夫，她的儿子，她的女儿？我怕打扰了她，悄悄后退，离开了。

在法捷耶夫[1]墓地，我站了一会儿，想到在别列捷尔金诺[2]，一天帕斯捷尔纳克[3]听说有人自杀了，那人就是法捷耶夫。看来勇敢抑或自我救赎，还有另一种解释和方式吧。我又想到自己读《青年近卫军》的情景，同时瞄了一眼同行的伙伴，判断不会与他们走散，又快速走进另一条小路，因为方才看见一个年轻女子，很像克拉姆斯柯依[4]的无名女郎，一袭黑衣，捧着一束花走过去了。她走得很快，像一个匆匆的影子。我走了不到二十步，就看到了那束鲜花，放在一个低矮的墓碑上。墓碑平卧在地上，上面落满灰尘，所以能清楚地看到有手指来回划过的痕迹。我发怔了一下，她既然来了，为何又来去匆匆？那上面的指痕，是她想拂去灰尘，还是在轻轻抚摸？再看逝者的生卒年，该是她祖父那一代的人了。这束花隔着遥远的时间距离，显得格外美丽。

三

在新圣女公墓，也不能免俗等级之分。逝者的名气又常常与政治气候和时代潮流密切相关。墓地位置阔绰，墓碑大，有花，有水果，

---

1. 法捷耶夫（1901—1956）：苏联著名作家，代表作有《毁灭》《青年近卫军》，1946年任作协主席兼总书记，自此不得不过着两重人格的生活，于1956年自杀。
2. 别列捷尔金诺：在莫斯科近郊，20世纪30年代后期建立的作家村。
3. 帕斯捷尔纳克（1890—1960）：俄罗斯著名诗人，代表作有《生活，我的姐妹》、长篇小说《日瓦尔医生》、随笔集《安全保证书》等。1958年获得诺贝尔文学奖。
4. 克拉姆斯柯依（1837—1887）：俄罗斯著名画家，"巡回展览画派"创始者，代表作有《月夜》《荒野中的基督》《无名女郎》等。

有的还有画像，总有人停留，又是人行必经处，像叶利钦[1]吧，一看就有背景。而肖斯塔科维奇[2]的墓地就显得偏僻了，墓碑矮小，很容易被忽视。也许，对于肖斯塔科维奇来说，安静才是他更喜欢的吧，可以自弹《24首前奏曲与赋格》，轻轻地。同样，找到普罗科菲耶夫[3]的墓地，也费了很长时间。

>肖斯塔科维奇墓地（范行军摄）

　　墓地的名气，是政治、价值观、风潮的世俗化，好处就是适合导游的解说。我在赫鲁晓夫的墓地前相当麻木，而卓雅的"欲飞"则令人从心里发疼，当面对娜杰日达[4]时会问一句——夜里，斯大林来过这里并默默地吸着烟吗？

　　走出新圣女公墓，我为没有看到列维坦[5]而遗憾，还有特列恰柯夫[6]先生——据说，他是这里唯一的一个商人。说到商人，苏联解体后，俄罗斯政府对新圣女公墓的拨款日渐减少，一部分先富起来的人频频捐赠巨款，目的很明确：换一张安葬于此的通行证——可行吗？不知道。

　　其实，安葬于此的人，未必都非常符合标准，因为标准也是会松

1. 叶利钦（1931—2007）：出身于农民家庭，1951 年考入乌拉尔工学院建筑系，1961 年加入苏联共产党，1991 年 6 月，当选俄罗斯苏维埃联邦社会主义共和国总统，也是苏联解体后首任俄罗斯总统。
2. 肖斯塔科维奇（1906—1975）：苏联著名作曲家，卫国战争中创作的《第七（列宁格勒）交响曲》享誉世界。
3. 普罗科菲耶夫（1891—1953）：苏联著名作曲家、钢琴家。
4. 娜杰日达（1901—1932）：父亲是斯大林的老战友，她于 1918 年成为斯大林的第二任妻子。她年轻、貌美、上进，不以做夫人为满足，随斯大林上过前线，在列宁办公室当过秘书，后来进入工业学院学习。她与斯大林生育了两个孩子。1932 年自杀。娜杰日达，俄语"希望"之意。
5. 列维坦（1860—1900）：俄罗斯著名的风景画家，代表作有《弗拉基米尔之路》《墓地上空》等。
6. 特列恰柯夫（1832—1998）：俄罗斯著名艺术品收藏家、特列恰柯夫美术馆创建人。

遥远的 狄康卡近乡

动的。娜杰日达安葬于此是因为她是斯大林的妻子，小马克西姆安葬于此是因为他是高尔基的儿子，赖莎安葬于此是因为她的丈夫是戈尔巴乔夫……

新圣女修道院于 1524 年建于处女广场上。从前莫斯科人把处女送到这里，作为支付给鞑靼人的什一税。后来，这里逐步成为身份显赫之人的安葬地。1930 年以后，莫斯科开始进行大规模的城市改造，便把一些散落在其他地方的名人陵墓陆续迁移至此。果戈理墓地就是1931 年迁葬过来的，2009 年是作家诞辰 200 周年，墓地重建，但碑石不得不仿造过去的旧石，原版石头已用于离他不远的布尔加科夫的墓碑。渐渐地，这里成为欧洲知名的三大公墓之一：政治家、艺术家、科学家、文学家、爱国英烈，对社会有过突出贡献或影响的人，在此安息。墓园占地 7.5 公顷，26000 多位不同时期的"名人"，以各种姿势或站立、或坐下、或沉思、或舞蹈、或英姿飒爽，成为历史进程中被后人纪念和继承的形象，也成为一面面镜子，映射出时代的各种光，还能透视出来者的敬仰、忠诚、坚定、宽容，以及偏执和麻木。

四

一天中午，从红场的列宁墓出来向北走，再向左走不远，就看到了无名英雄纪念碑。纪念碑背依克里姆林宫红墙，于 1962 年为纪念在卫国战争中牺牲的军人而修建，1967 年 5 月对外开放。我曾多次在画报上、书上、电视上看到它，庄严，肃穆，还有美丽，一些新婚夫妇来此敬献鲜花。我走到近前，发现它是那么简单，简单得令人难以忘怀。

我喜欢它的简朴，不雕琢：大约 60 厘米高的墓碑，以一块深红色的花岗岩平铺开来，右侧覆盖着旗，旗杆尖头镂刻着镰刀、斧头，旗上是士兵的头盔和象征和平的桂枝——这一构想是 1975 年苏联庆祝卫

>无名英雄纪念碑（范行军摄）

国战争胜利 30 周年时确定的。墓碑前是略微下沉的墓坑，上面凸起一颗五星，五星中心燃烧着向上的火——长明火，烈士精神生生不息。我看不懂俄语，但花岗岩平台上镌刻的文字早已铭刻在心："你的名字无人知晓，你的功绩永世长存。"世界上有很多无名英雄纪念碑，只是一个碑，但这里却埋葬着一名无名烈士的骨灰——这名士兵是在莫斯科郊外克留科沃村的战斗中牺牲的。1966 年，也就是为了纪念希特勒军队在莫斯科郊外遭遇惨败 25 周年时，这名士兵的骨灰安葬于此。从这里向右看，沿着克里姆林宫墙还立有一排石碑，每块石碑上都刻着英雄城市的名字和模压的金星勋章，石碑下存放着从列宁格勒（圣彼得堡）、基辅、明斯克、斯大林格勒（伏尔加格勒）、塞瓦斯托波尔、敖德萨、刻赤、新罗西斯克、摩尔曼斯克、布列斯特要塞、图拉及斯摩棱斯克收集来的泥土——泥土有灵，在此化作成千上万的无名英雄，与活着的人同呼吸共命运，也见证家国的风云变幻。

他们以与大地平行的姿态，实现了崇高。

他们的今生在新婚夫妇敬献的鲜花上，在孩子的道路上。

遥远的 软康卡
近乡

三年后，在塞瓦斯托波尔二战纪念馆前，我看到一个年轻的女人带着孩子，她让孩子站在长明火旁留影。我拍下了这个画面。之后，当我再次看到广场中央纳西莫夫[1]将军纪念碑，想到此前那里站着的曾是一位伟人，思绪又回到了三年前，从无名英雄纪念碑转身，看到了100多米

>一个小女孩在塞瓦斯托波尔的二战纪念馆前（范行军摄）

处的朱可夫[2]元帅纪念碑，元帅骑马，姿态傲然，因为是在俄罗斯国家博物馆的影子里，他以剪影的姿态呈现，看着有些孤独。我就想，他要是骑马过来有多好，那他就和士兵之间没有距离了。因为距离，我就觉得将军孤单，尤其他常常处在历史构成的影子里，昨天的影子里还有五星，今天的影子里则是双头鹰，那孤单一定很凉，很凉。

我只能这样感受。尤其看了《朱可夫：斯大林的将军》后，更不敢妄加评论了。

只要评价人就是危险的。即使你看到的是事实，也会包含主观倾向。我们的立场不像自己想的那样坚定。所以，评价出来的东西多多少少都为真相做了"镶嵌"或者"漂洗"，其中有着你自己对于生命、死亡、信仰、责任、成功、失败、毁灭、拯救等的看法。倘若你看到的不是真相，而是人云亦云，或是生怕自己无知而要发言，这既危险又很可悲。

1.纳西莫夫（1802—1855）：俄罗斯帝国海军上将，1853年指挥舰队大败土耳其海军。1855年在克里米亚保卫战中，巡视工事时受伤身亡。他安葬那天，敌军停止炮击和进攻。
2.朱可夫（1896—1974）：苏联军事家、战略家，1943年被授予苏联元帅军衔，他是苏德战争中第一位获此殊荣的苏军统帅。战后，他任驻德苏军集团军总司令和苏占区最高军事行政长官。1946年回国，担任苏联陆军总司令，后被网织多种罪名，被降职、调离权力中心。

> 朱可夫元帅纪念碑（范行军摄）

五

是的，三年后，又是 8 月，到莫斯科的第二天冒雨来到瓦甘科夫公墓，去看画家特罗皮宁[1]、萨夫拉索夫[2]，却错过了普吉列夫[3]和苏里科夫[4]。在诗人叶赛宁墓地停留的时间长一些，因为他身后还安葬着"忠诚的女友"加莉娅。两天后，再次来到新圣女公墓，弥补了三年前没

---

1. 特罗皮宁（1776—1857）：俄罗斯著名画家，他一生大部分时间的身份是农奴，直至 47 岁才获得自由。代表作有《花边女工》《普希金肖像》。
2. 萨夫拉索夫（1830—1897）：俄罗斯著名画家，是俄罗斯现代风景画派的奠基人，代表作有《白嘴鸦归来》《乡路》等。
3. 普吉列夫（1832—1890）：俄罗斯著名画家，代表作有《不平等的婚礼》。
4. 苏里科夫（1848—1916）：俄罗斯著名画家，"巡回展览画派"的代表人物，代表作有《近卫军临刑的早晨》《女贵族莫洛卓娃》等。

有拜谒列维坦的遗憾，还找到了布尔加科夫墓地，绕来绕去站在了勃留索夫、别雷、尼古拉·鲁宾斯坦墓前，当然，还会去看果戈理、契诃夫、斯坦尼斯拉夫斯基、奥斯特洛夫斯基、夏里亚宾、肖斯塔科维奇、娜杰日达……

走出新圣女公墓，我想起赫尔岑在《往事与随想》中的一句话："生活有的是布料，它永远不需要旧的衣衫"——总的看，这话是对的。如果没有新人取代旧人，就没有未来了。

几天之后，在圣彼得堡，又是冒着细雨来到涅夫斯基修道院公墓，拜谒陀思妥耶夫斯基、柴可夫斯基、希施金、库因奇……

墓地，在我看来，还是思想的种子。

>作者在陀思妥耶夫斯基墓地前

娜塔莉亚：她的寂寞更美丽

一、她无愧于公正的裁决

8月的一天下午，从莫斯科的高尔基故居后花园出来，顺着右侧的马路往南走。此时天空的蓝，被我命名为"俄罗斯蓝"——蓝得想把心情在上面染一染。阳光金黄得十分纯粹，忍不住伸手在空中抓一把，再放到鼻尖使劲地嗅着。走不远，一条马路横在前面，隔路而望是一片高大的绿树，有耀眼的光在树上闪烁，那是教堂的尖顶。教堂叫基督升天大教堂，建于18世纪末19世纪初，位于尼基塔与林荫环路交叉处的尼基塔门。哪里是尼基塔门，于我就不重要了，而这里举行过一场婚礼才更吸引脚步，便往近处走了走。教堂不大，白色立柱，浅黄色外墙面，如不是圆形的穹顶，倒很像一个图书馆。山不在高，有仙则名，教堂名气赫然是因1831年2月18日，普希金和娜塔莉亚在此举行了婚礼。如今在教堂的墙上还能看到一块铜牌，镌刻着夫妻两人的侧面头像，男左女右，面对面。那年，他32岁，她19岁。

娜塔莉亚·尼古拉耶夫娜·冈察洛娃，生于1812年。她与很多贵族少女一样，很早就进入了社交圈，有着很好的口才、仪态和气质。当然，最令人称道的还是她的美貌。1828年的一天，16岁的她在莫斯

>娜塔莉亚画像，伊万·马卡洛夫作品

科的一次舞会上与普希金相识。诗人坠入情网，旋即表达爱意，向其父母求婚，却遭到拒绝。诗人清楚，自己虽然大名鼎鼎，却穷，又多情，女方家长担心也在情理之中。但他抱定了要抱得美人归的决心，也是看准了那个家族徒有贵族之尊，家道已经中落了，最要紧的是自己真心喜欢娜塔莉亚。磨来磨去，也就金石为开了。

穿着婚纱走出教堂，娜塔莉亚的一颦一笑、一言一行，立刻就和丈夫的名字发生了牵连，这是她没有想到的。荣耀背后，自有代价。这是她嫁给俄罗斯最著名的诗人所必须要承受的一部分。

自从她与诗人恋爱，非议就从未中断，婚后的生儿育女也没能堵住中伤之口，只要她出现在社交场合，只要她妖娆妩媚。直到 1837 年 2 月 10 日，普希金与丹特士[1]决斗受伤后死去，她被推到了风口浪尖。时间过去了 100 多年，她再次成为焦点。1946 年法国出版了一本书叫《普希金》，披露了丹特士于 1836 年写给一个人的两封信，信中最具爆炸性的就是这句话："他疯狂地爱上了圣彼得堡最美的女人，并且她也爱他。"丹特士爱上"圣彼得堡最美的女人"不论如何"疯狂"都不值一提，爱上这个女人的男人实在太多了。问题是这个女人竟然"也爱他"——这就不是绯闻了，而是丑闻，是名声之毁。因为"圣彼得堡最美的女人"专属娜塔莉亚。是真是假？直到后来发现了娜塔莉亚与

---

1. 丹特士：法国人，疯狂追求娜塔莉亚，并在别有用心之人鼓动下，给普希金的名誉造成很大伤害。诗人提出与他决斗。决斗时，他提前开枪。

姐姐、哥哥等亲人的书信——有些书信是在普希金去世后写的——这些私密信件，包括她与第二任丈夫的通信，终于展示了这位在风言风语中飘摇着的美人最为真实的一面，从而也将普希金遗嘱所言"她无愧于公正的裁决"，落到了实处。

但，不是所有人都读到了这些信。娜塔莉亚，还是陷在争议之中。其实，清者自清，被污浊的常常是活着的人，为不明真相，为不相信善良与纯真，更有很多人，偏偏绕过事实，专拣自己习惯的、喜欢的，去听、去搜集，再去散布传播。所以说，对娜塔莉亚的认识也是一个认知的过程。就像我，在圣彼得堡的涅夫斯基修道院的拉扎列夫公墓，冒着蒙蒙细雨，找了好几圈，才找到了她的墓地。

二、我爱你的心灵，胜过你的容貌

离开教堂往前，不远就是"圆形喷泉"，这是专为纪念普希金与娜塔莉亚而建的，喷泉上面是一个圆形塔，立柱之间可以看到这对夫

>普希金夫妇圆形纪念碑喷泉

遥远的 狄康卡近乡

妻的小雕像。这里的泉水据说是莫斯科唯一经过炭过滤的，可直接饮用。果然有个男人用矿泉水瓶接水，喝了两口，又接满拿着走了。我走到近前伸手捧水，没想到水劲很冲，一碰水花四溅，弄得一脸水珠。第二次就小心翼翼的了，喝了两口，凉丝丝的，又借着手还湿着，抹了几下脸。之后转身看着教堂，绿树掩映中的黄色闪闪发光，白色的立柱显得更白，像巨大的蜡烛。

我们看建筑，很容易就看清楚了，如果前面有障碍，那就走近去看。而看清人，则需要远观。远观，既是距离，又是时间。

娜塔莉亚与诗人的七年婚姻生活是浪漫的。诗人给朋友的信中说，"我结婚，很幸福……现在就是最好的"。伴随着风花雪月，还有柴米油盐，还有贫困，还有贫困中的焦虑，还有种种世俗的诱惑。不过，为人妻、为人母的娜塔莉亚始终风姿魅然。但仅有美丽是拴不住诗人的心的，她必然还有着非凡的魅力。

有趣的是，普希金写给她的信里，既有关心又有批评，还有警告，也有调侃："别去宫廷，不要到舞会上跳舞"；"我不在你身边，你随时有可能染上恶习而忘记我，到处卖弄风情"；"别吓唬我，小妻子，别说你去卖弄风情去了"；"我不妨碍你打情骂俏，却要你冷静、注意体面、自重"；"我的天使，别再打情骂俏了。……我回来要是发现你那可爱质朴的贵族风度变了，我会离婚，基督作证，要伤心地去当兵"。——怎样看这些私房话？你可以判定，这里反映了娜塔莉亚沉湎交际、生活风流；你也可以认为，这里是诗人的小心、吃醋，用风趣打掩护的警惕；你还可以觉得，这里不过就是两口子日常的私房话，不必太当真。但是，关键还是要看，这对夫妻生活的本来样子，并由此搭建和支撑的二人世界，是不是丰盈，是不是和谐，是不是能够相互理解、体谅、欣赏。尤其，是不是心甘情愿。

喷泉的水，哗哗地响着，看着通向教堂的路，我无法想象将婚纱挂起之后的 19 岁，一双娇贵的手很快就面临了生活的困窘。

娜塔莉亚多次背着丈夫，给哥哥写信，不是借钱维持家庭开支，就是恳请哥哥为丈夫的新书提供纸张。这些信反映了年轻的主妇借债度日的苦楚，也透露了身为爱妻的坚韧以及对丈夫的深情："我一大家子养家的重担都压在他一个人的身上是不公平的，……我坦白地向你承认，我们已经穷得走投无路了。……我真不想因为家庭琐事打扰丈夫，我看到他都那么忧郁沮丧、夜不能寐，因此，在这种心情的影响下，他无法写作，而写作为我们提供生活的经济来源……"

普希金后期写给娜塔莉亚的信中，也证明了妻子的渐渐成熟，成为了"丈夫事业的帮手"，否则不会有诗人深情的倾诉："我爱你的心灵，胜过你的容貌。"

那么，回头再看丹特士那两封信引起的风波，不过就是有些人习惯的推测和演绎。它无法构成娜塔莉亚爱情生活中的一个注释。说它还有价值，那就是不要指望虚假的云雾从此不再。我们就生活在是非之中，有时对一件事情的判断，在没有确凿证据的时候，心态抑或信条，就显得尤为重要。我们强调，要相信纯真与美好，不是盲目轻信或乐观，也不是不愿直面污泥浊水，而是不会简单地去想象、夸大世间的龌龊，尤其不使自己成为龌龊。而我们一旦要依靠各种"证据"来确定认知，往往不是可笑的，就是悲哀的。

我相信，在北京冬天的拂晓前打开东边的窗户，就会看到一颗闪亮的星。所以，我天天早起都会打开那扇窗户，除了星星，还看到对面楼上也有亮了的灯，还看到院外路上往来的车，还看到了雪——有雪的那天，没看到星星——但我相信，它在的。而在莫斯科，在圣彼得堡，在辛菲罗波尔，在雅尔塔，在塞瓦斯托波尔，在新西伯利亚，如果我想看，都能看到星星。

在涅瓦大街普希金文学咖啡馆的那个晚上，喝了酒后，我很想和

遥远的 狄康卡近乡

坐在窗边的诗人说：今晚的星星很亮，不用看就知道。

三、她的原则，骄傲而自尊

那天傍晚，我们在寻访了阿赫玛托娃故居，看过了布罗茨基"一个半房间"所在的姆鲁济大楼，找到了肖斯塔科维奇曾经生活过的房子，然后再次来到涅瓦大街，向着起点方向走，走得口干舌燥，走得心无旁骛。来到

>作者朋友孔宁在普希金文学咖啡馆前（范行军摄）

普希金文学咖啡馆[1]，好像也没什么特殊理由——如果问我为什么非得到这里——真的无法回答。反正就是来了。坐下后，一名男服务生过来，递上两个菜牌，又慢慢悠悠地点上了两支蜡烛。这时，右边的钢琴响了，一个50多岁的男人面无表情地弹着，以我脑子里那点古典音乐曲目，听着像穆索尔斯基的《图画展览会》中的一首单曲，后来又觉得不是。引起我关注的是左边的两桌就餐者，靠里面挨着墙的，坐着一家三口，母亲和两个年轻人，虽然小声说话还是能听出来是日本人。他们旁边是一个二十出头的男子，平头，面目清秀，面对吃的东西若有所思。我猜是韩国人，并对宁宁说了判断，他也觉得有点像。该我点餐了，看了半天，就冲着两个熟悉的人名下口了：一个"果戈理坚果蛋白酥蛋糕"，中文介绍"配以由白兰地和可可豆制成的双层夏洛特奶蛋糕"；一个"来自特里科尔斯基家族的伍尔夫苹果馅饼"，菜

---

1. 普希金文学咖啡馆：位于涅瓦大街18号，前身是一家糖果店，19世纪30年代成为文学名人聚会之地。1837年2月7日，普希金与丹特士决斗前，在此咖啡馆停留。现在咖啡馆有一座普希金蜡像，临窗而坐。

>普希金蜡像

名旁边是普希金侧影，估计这也是诗人喜欢的口味。宁宁笑着说，范兄，今天还不喝酒吗？我很严肃地说，今天得喝，必须喝。

在这里喝酒，怎能不想起诗人，想他在 1837 年 2 月的那天，从这里离开就再也没回来，想他中弹之后抬回家里感到生还无望为妻儿担心……诗人可以瞑目了，娜塔莉亚把孩子照顾得很好，虽然自己活得很清苦。而且，娜塔莉亚还竭尽了全力将丈夫的祖籍地赎了回来。她在一封信中说："别人问我这座庄园的收入和它的价值。对我和孩子们来说，它是无价的。这座庄园对我们来说，比世界上所有的东西都珍贵。"

娜塔莉亚的情操和坚守再一次得到证明：即使生活再苦，也不动用丈夫去世后出版的作品所获得的 5 万卢布稿费。她将这笔钱存入银行，作为孩子的学费。她必须小心呵护，提防两个家庭对这笔财产的觊觎。为此，她又经常"不得不与贫穷作斗争"。她的姐姐给哥哥写信，陈诉妹妹的困境："不可能有比她更理智、更节俭的人了，可她仍然要欠债。……她忍受着所有的痛苦和不快，还必须和贫穷作斗争。

她快没有生气了，她正失去余下的勇气，有些天她精神都崩溃了。"

　　娜塔莉亚在米哈伊洛夫斯克村，最难时都向仆人借过一卢布，还有一次向女清洁工借钱。1841 年 10 月，她给哥哥写信："我待在残破的房子里，没有任何帮助，带着一大家子人却囊中羞涩。事已至此，如今我们连茶和蜡烛都没有，我们没钱买。"

>普希金庄园，米哈伊洛夫斯克村

　　此时，彼得堡的上流社会并不思虑美人之虞，翘首期待"第一美女"回归。娜塔莉亚在给朋友的信中直言不讳："挤进宫廷狭小的社交圈，我对此感到厌恶"，继而表明，"我总是遵循这样一个原则：任何时候都不要置身于难堪的境地。某种本能支持我这样做。"我们是不是可以这样分析，她的"这样一个原则"，就是她的"骄傲而自尊"。有人指责她在普希金死后于沙皇接见和舞会上大出风头，实在是有失公道。

　　诗人莱蒙托夫对她就有着深深的敌意。他躲避着她，避免与她说话，后来，他才"后悔自己说过尖酸刻薄的评价和冷酷无情的责难"。

一次朋友聚会上，他主动坐到她的身边："我回避您，是怯懦地屈从于敌人的影响。……我愿意随时成为您的朋友。任何人也无法阻止我向您献出一片赤诚，我自感有此能力。"

生活中有这样的事，人们臣服于我，但我知道，这是因为我的美貌。这次是心灵的胜利，它对我很珍贵。现在我高兴地看到，他没有把对我的恶劣看法带到坟墓里去。

她的女儿阿拉波娃深深地记住了母亲说过的这段话。

四、我们找到彼此，何必舍近求远

第一次到莫斯科，是 2015 年的 8 月，一天下午风很大，但一到阿尔巴特街[1]，心里还是暖呼呼的，仿佛旧地重游。是啊，在太多的书里，见识过这条喧闹的大街，它从 15 世纪就开始风风雨雨的，直到

>普希金故居（范行军摄）

___

1.阿尔巴特街：莫斯科市现存最古老的街道之一，也是最负盛名的商业街，起源于 15 世纪，长约 1 公里，紧邻莫斯科河。

成为"莫斯科的精灵"。但它的繁华也是它的寂寞，或者安静，就像这里的 53 号：诗人的故居。故居墙上有一块纪念牌，刻着诗人的侧面肖像，下面是 1931 年——诗人与娜塔莉亚新婚就住在这里，这块纪念牌是 1837 年 2 月诗人去世后挂上的，但直到 1986 年 2 月 18 日，为纪念诗人结婚 155 周年，这里才对外开放。一走进去，一种氛围立刻隔开了身后的喧嚷。慢慢看着，从一楼到二楼，餐桌、餐具、烛台、钢琴、书架，给人印象深刻的是诗人的手迹，有的一挥而就，有的勾勾抹抹，最惊艳的还是新娘子的美，每幅油画，都美得惊艳，美得令人屏住呼吸。但形容她的美貌，最好的应该是：美得干净。这样的美，很难想象日后会与柴米油盐、债务、寒冷，交织在一起。当从这里离开再来到大街上，满眼的花枝招展熙熙攘攘，令人猝不及防需要适应。

三年后的一天晚上，再次来到这里。我摸了摸故居大门，转身时看到对面一个男人在为一个女人拍照，女人站在普希金与娜塔莉亚的雕像前。女人露出笑容，洋溢出幸福和满足的好看。这对情侣离开后，我也过去拍照，诗人身穿燕尾服，风流倜傥，娜塔莉亚一袭长裙，风姿妖娆。她的右手放在他的左手上，第一次看到这双手时，两手之间开着鲜明的玫瑰。这座雕像是 1999 年为诗人诞辰200 周年铸造的。据说，这是普希金与娜塔莉亚的雕像第一次在公众面前展示。显然，这对娜塔莉亚有失公平。

人们对她的误解，太深了。甚至，不愿意提起或是有意回

>普希金与娜塔莉亚纪念碑，在阿尔巴特街（范行军摄）

避，她的再嫁。

艰难时世，为了孩子们能在社会上立足，健康成长，娜塔莉亚既要保持本色，不让名誉受损，还得维系与上流社会、交际圈子的关系。而面对众多的追求者，她也不回避再嫁的问题。但她有一个原则："我的孩子对谁来说是负担的话，那个人就不能做我的丈夫！"

普希金临死时，嘱咐娜塔莉亚为他守孝两年，然后找个正派的人再成新家。诗人是明智的，他清楚家中经济困难，孩子们需要良好的教育，失去了他，她将艰难度日。那时，她只有25岁。慢慢地，诗人希望的"正派的人"出现了。

1844年7月16日，娜塔莉亚嫁给了拉斯科伊将军。她寄望依靠这个男人友好的臂膀，带大孩子们。将军45岁，人很善良，没有结过婚，用娜塔莉亚姐姐的说法就是，"他有一颗高尚的心灵和最完美的优点。他对塔莎的爱和对孩子们表现出来的兴趣是他们幸福的最大保证"。婚礼很低调，娜塔莉亚回绝了沙皇尼古拉一世想做男主婚人的好意。

娜塔莉亚是爱将军的，但是与她对普希金的爱相比，这是另一种爱情，她"感激他善待第一次婚姻所生的孩子们和给她带来渴望的心灵安宁"。她给将军写信："感谢你的关怀与爱……用我整个生命、全部忠诚与爱难以报答。实际上，我有时想我带给你的嫁妆就是沉重的负担……"这个时候，不再是普希金的"小妻子"的娜塔莉亚成熟了，她跟将军说，我们"这份感情虽保留着爱情的情调，却不是那般炽烈，正因为如此，这份感情才稳定。我们在一起，天荒地老，我们的爱历久弥新"。将军毕竟是个男人，妻子对普希金的怀念他是理解的，但面对或听到还有很多男子追求妻子，他总是不放心并带着醋意。她安慰他："尘世空虚，万事皆空，除了对上帝的爱，我还要加上对丈夫的爱……我满意你，你满意我，我们找到彼此，何必舍近求远。"

遥远的 _{狄康卡近乡}

娜塔莉亚历经坎坷，褪去浮华，感情真挚而盈满。她与将军又生了3个女儿，两个家庭的7个孩子在她的教育下，都长大成人。可是，她也累垮了，1863年11月26日与世长辞，只有51岁。

五、她有多寂寞，她就有多美丽

一到墓地就下雨，那天去圣彼得堡涅夫斯基修道院的两个公墓，又遇下雨。走在两道墙之间的石头路上，雨水在石头上闪着冷光。有的人打着伞，有的人就在蒙蒙细雨中走着，默默地，我们也是。季赫温墓地的门不大，稍不留意就走过去了。宁宁去买票，我看一只花猫在门边上溜达，当我们走进时它也跟了过来，以为它会跟着走的，它却找块干净的地方，坐下来舔爪子了。这里，都是干净的。我们找到了陀思妥耶夫斯基的墓，然后是柴可夫斯基的墓，还有画家库因奇、希施金的墓，还有艺术评论家斯塔索夫的墓。站在这些令人敬仰的墓地前，心里升起一种庄严和崇高。

离开季赫温墓地，对面就是拉扎列夫墓地，娜塔莉亚安葬在里面，她和拉斯科伊将军葬在一起。宁宁又去买票，语言不通再次造成麻烦，不知为何售票员就卖给我们一张票。宁宁把这张票让给了我。一进去，我立刻就感到了茫然，这里不如季赫温墓地大，显得"拥挤"，地面高低不平，路窄，墓地间距小，由于没看到过娜塔莉亚墓地的图片，我只能拿出她的油画照片，见到人就问："娜塔莉亚？""冈察洛娃？""娜塔莉亚·尼古拉耶夫娜·冈察洛娃？"都摇头。我转圈地找，来来回回地问，绕着墓地最大的圈，转了两圈了，还是没找到。脸上也说不出是汗水，还是雨水了。宁宁在外面也帮我查，发来微信，给我指出方向。我跑过去，还是没找到。我几乎把看到的认为应该是的墓碑都看了，只要镌刻着生卒年1812—1863，可是，没找到。还是问吧。我超过 20 次地把照片拿出来，还是没人认出这个美丽的女人。气得我想骂人。算了，骂了人家也听不懂。

怎么会这样？

难道真要提起普希金的名字吗？

>娜塔莉亚墓地（范行军摄）

我走向一个 40 多岁的胖墩墩的男人，说："普希金……娜塔莉亚？"他立刻听出了我汉语发音的"普希金"，连连点头，带我来到一个展示板前，在上面找，然后指着 58 号旁边的名字，再给我指出了方向。这一次，我盯着牌子上显示的墓碑样子，看准了，快步朝着那个方向找去。我找到了。也许是石棺面向小路的这一面没有树影遮蔽，被阳光暴晒和雨水侵蚀的原因吧，黑色大理石上的刻字已经模糊了，尤其"1812"和"1863"，不仔细看，根本就认不出来。难怪从这里走过好几次了，都没发现。最关键的一点，不能怪别人，问题出

遥远的 狄康卡 近乡

在我——我以为娜塔莉亚的墓碑，一定会很艺术，很美。但不是，黑色的大理石棺置于一尺多高的基座上，后面是一个粗大的十字架，普通得不能再普通了。墓地由近一米高的铁栏围着，栽着不多的白绣球花，我弯下腰，将花边的几根杂草拔下来。离开这里，我还回头看，墓地的行人很多，那里没人，要走出墓地大门了，再回头，还是没人在那里停下脚步。

如果有人说，这对当年的"第一美人"来说，未免太冷清了。

我想说的是，那墓碑上所有刻字的模糊，皆是岁月不朽的诗句，皆为绚烂过后的从容与淡然。如今，娜塔莉亚，她有多寂寞，她就有多美丽。

>娜塔莉亚墓地的鲜花（范行军摄）

我开始走向他：1873 年 9 月的托尔斯泰

一

　　真不想一下子就走完这段林荫大道——在雅斯纳亚·波良纳[1]，在两排高大的白桦树之间走着，我有点磨磨蹭蹭。然后，就从右边出溜下去，踩着青草往前走。青草厚而密，踩在上面软绵绵的，像是踩在记忆里，好多文字纷至沓来，牵绊着脚，有那么一刹那，我竟然觉得是与列文走在一起，"他从一个农民手里拿过一把镰刀，亲自动手割起草来"。走不多远再次回到路上，又向左穿过马路走了一会儿，来到一处马厩前，当年，托尔斯泰离家出走就是在这里坐上的马车。离开马厩，向北，一条小路的尽头就是托尔斯泰文学博物馆，里面收藏着托翁创作的有关资料、手稿等。这座漂亮的小楼在 1859—1862 年，是庄园农民子弟学校，而东边不远处就是托尔斯泰故居博物馆了。历史上，这两座别墅中间还有一座主楼，但是 1855 年托尔斯泰在打牌时赌输了，痛失母亲留给自己的最心爱的房子。空地不空，历史的气息飘浮着，却也无法

---

1. 雅斯纳亚·波良纳：位于俄罗斯的图拉州，"雅斯纳亚·波良纳" 中文意是 "明媚的林间空地"。1928 年 9 月 9 日，托尔斯泰在此出生，19 岁时继承了这块土地。他在这里生活了将近 60 年，创作了《战争与和平》《安娜·卡列尼娜》等作品。距作家故居 1.5 公里的森林里，安葬着他的遗体，墓地不设墓碑，被誉为 "世界最美的墓地"。

留住脚步，向东走去时，那个白墙绿顶的别墅很快映入眼帘。它与我看过的一张 100 多年前的照片相比没有太大变化，那时门前还有几棵大树，现在树还很大，只是离门口远了，原先有树的地方是草坪。别墅西面这侧是个矮木房，爬满了爬山虎，一对新人正在旁边拍婚纱照。可惜，我没有拍好他们，但几天后在莫斯科，我捕捉到了又一对新人在拍婚纱照，是在教堂前。

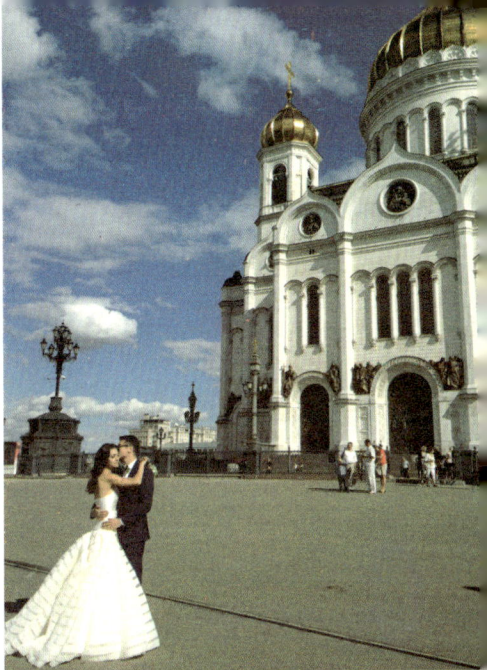
>教堂前拍婚纱照的一对新人（范行军摄）

走进别墅，套上鞋套，存上包，沿着楼梯上到二楼，也就到了最大的房间：又是会客厅又是餐厅，南北都有窗户，西面墙上是一排这个家庭重要人物的画像——托尔斯泰，托尔斯泰的妻子、大女儿、小女儿，中间的女人没认出来——我没询问，盯住了列宾 1887 年为托尔斯泰画的肖像，然后注视着克拉姆斯柯依 1873 年为他画的肖像。再之后，我就去看餐桌上的银餐具和漂亮的碗碟了。一来观画的距离被栏杆隔开了五六米，二来还有机会再看，莫斯科特列恰柯夫美术馆，收藏了这幅画。

二

1869 年的时候，帕·特列恰柯夫就向托尔斯泰发出恳请，渴望得到一幅作家的画像，作为自己的艺术品珍藏。托尔斯泰断然拒绝，一次也没答应。但收藏家并不气馁，知道这个脾气大的贵族老爷不会像屠格涅夫和陀思妥耶夫斯基那么好说话的——1872年，佩罗夫[1]成功地为两位画家画的肖像，再一次刺激收藏家下定说服托尔斯泰的决心。

机会就这样来了。1873年夏，克拉姆斯柯依与两个画家朋友住的地方，离雅斯纳亚·波良纳只有5里路。一天，他向帕·特列恰柯夫请求一件事：为美术馆画一幅托尔斯泰的肖像画。帕·特列恰柯夫自然高兴，真是英雄所见略同。其实，克拉姆斯柯依还另有所想，作画的报酬全部送给费多尔·瓦西里耶夫，这位年轻有为的画家患了致命的疾病，无钱治疗，还没有生活来源。帕·特列恰柯夫被克拉姆斯柯依的话打动了，但他也担心托尔斯泰不同意，坦陈了自己被拒绝的经过。

克拉姆斯柯依决定亲自登门拜访，他来到托尔斯泰庄园。

面对第一个要为自己画像的画家，还是著名画家，托尔斯泰不给面子，开口就拒绝了。克拉姆斯柯依倒是很有耐心，一会儿站起，一会儿坐下，开导了大作家两个多小时，最后说：

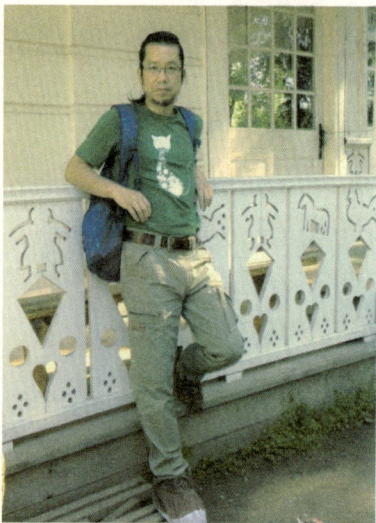

> 作者在托尔斯泰故居前留影（尹岩摄）

"好吧，我尊敬您的想法，不再坚持了。可是，您的肖像一定会出现在画廊的。"

托尔斯泰被刺激了一下："为什么？"

克拉姆斯柯依遗憾地说："我这次画不成，以后还会有人来画的。到时候，大家就会惋惜没有为您及早地画一幅画。"

托尔斯泰沉默了。

---

1. 佩罗夫（1833—1882）：俄罗斯著名画家，"巡回展览画派"发起人。代表作有《出殡》《三套车》《托尔斯泰画像》等。

克拉姆斯柯依意识到有了转机，马上说："如果我画得不好，您不满意，就将它销毁。"

1873 年 9 月 6 日，托尔斯泰坐在了克拉姆斯柯依的面前。

三

我最早知道克拉姆斯柯依，是从他的《月夜》。一天，父亲回家把一张画贴在墙上，那一袭白裙的少女，那美丽的夜花，那整个画面洋溢着的散文诗一般的意境，立刻攫住了我的眼睛。我盯着绘画时间——1880 年，更让这幅画充满了神秘的色彩。后来，我又从挂历上看到画家 1883 年的作品《无名女郎》。再后来，是画家 1872 创作的《旷野中的基督》。那是一本已经想不起名字的画册，但我记得十分清楚的是，在看到罗丹《思想者》后，看到的那个基督，因为好奇也就模仿起他们的姿态，估计有段时间我常常低头故作姿态，起因来自这两次模仿的后遗症。

> 俄罗斯少女在《月夜》前（范行军摄）

我是 17 岁时读的《安娜·卡列尼娜》，也是第一次读托尔斯泰，后来这本书被同学借走再没还回来，真是遗憾，因为上面有两幅克拉姆斯柯依作品：封面上的《无名女郎》，第三页上的托尔斯泰肖像。那时我正迷恋绘画，铅笔、蜡笔、水彩，各种涂鸦，不能不崇拜克拉姆斯柯依。更何况，他还是列宾的老师。

我藏有一本1957年上海人民美术出版社的《我的老师克拉姆斯柯依》，作者是列宾。这是一本薄薄的只有63页的小书。关于画家的早年，他的学生写道："从微不足道的污秽的偏僻地方走出来……起初，在小孩子时代，你当跑差，后来你又当乡区的录事，后来你又当照相馆的底片修饰者，在19岁的时候你最后才到了首都。你没有半戈比的铜子，没有旁人的帮助，你怀着一个美好的理想，很快成为美术学院中最有才干和最有教养的青年们的领导人。"

列宾说的没错，只是还不够细。克拉姆斯柯依，1837年5月27日出生于一个小市民之家，16岁时就走入社会，跟随一个流动照相师学修理底片，20岁时考入彼得堡皇家美术学院。1863年11月9日，学院以《瓦尔高罗的宴席》为题——这个题目出自斯堪的纳维亚的神话——举行大金质奖章绘画比赛。这个题材是学生们陌生的，也是远离俄国社会生活现状的，大家感到不满，坚持自己独立创作的权利。学生们的要求被拒绝。克拉姆斯柯依便与同班的12名同学及1名雕塑系的同学退出了皇家美术学院，并组织了"彼得堡自由美术家协会"。结果，这一"美术学院事变"成为一场政治事件，14名学生都被当局编入嫌疑犯的名单，一切谈到"事变"的印刷刊物都被查禁。1868年冬天，从莫斯科来的几位画家提议成立"俄罗斯美术家巡回展览协会"，宗旨就是要把美术家的作品送到京城以外的地方去展览，让更多的人能够欣赏艺术，打破由皇室和贵族垄断美术、左右评论的状况。克拉姆斯柯依对此深表同意，于是在1870年秋天，他们共同商定了巡回展览协会的章程，其宗旨就是："建立巡回展览协会的目的是使外省居民有可能认识俄国艺术的成就。"自此，克拉姆斯柯依在"巡回展览画派"中担任领导工作达15年之久，成为这一画派的创始人和思想领袖之一。

四

托尔斯泰尽管不习惯画家的指手画脚，一旦坐下来了，还是很配合的。我在托尔斯泰故居慢慢走着看着，想到他坐在椅子上的窘迫，不免发笑。

其实，他还是很会设计姿态的。1854 年在莫斯科，他刚刚被提拔为少尉，就身穿军服照了一张相，相片中的他头发往后梳着，目光瞪得明亮，军大衣解开扣子，右手臂抬起靠在身后的扶手上，露出一只干干净净的右手，与自然的络腮胡子比较起来，这细腻的手指便显得矫揉造作了很多。还有 1861 年 3 月在布鲁塞尔旅行时的照片，他面孔硬朗，目光严谨，穿着的呢大衣还是不系扣子，坐在椅子上抬起的是左手臂了，右腿架在左腿上，黑色的礼帽不经意地放在右边的桌子上，看起来又自然又不自然。总之，这位贵族很在意自己的形象。

由于特列恰柯夫美术馆不收藏复制品，克拉姆斯柯依就用了大约一个月的时间画了两幅：一幅交给托尔斯泰，一幅交给帕·特列恰柯夫。

托尔斯泰对画像很满意。现在，他可以不必端着了，回到自由的创作中去。那时他开始考虑《安娜·卡列尼娜》后半部分的内容了。在下卷"第五部"第九节里，一个画家出现了，他就是米哈伊洛夫，后来为安娜画了一幅肖像，使得喜欢绘画的渥伦斯基再也"不能够欺骗和折磨自己，……就搁笔不画了"，当时，他也在为安娜画一幅肖像，但他还是"断定现在再画也是多余的了"。托尔斯泰饶有兴致地描写了米哈伊洛夫绘画的样子，有一次是这样的："他还是拿了那张画，放在自己的桌上，于是，退后两三步，眯着眼睛，他开始打量它。突然他微笑了，快活地挥了挥胳臂。"还有一次则是这样的："在他太冷静和太激动，把上面都看得太清楚的时候，他同样不能工作。只有在冷静过渡到灵感的那个阶段，才能工作。今天他太兴奋了。他原想把画盖好了，但是他停住了，把罩布拿在手里；流露出幸福的微笑……"无疑，托尔斯泰的这些细节，很多地方复制了克拉姆斯柯依的绘画样子。

五

我站在了特列恰柯夫美术馆的克拉姆斯柯依展厅。

托尔斯泰穿着他那标志性的罩衫在那里，但我走向了《旷野中的基督》。不错，我是有意回避托尔斯泰的目光。三年后，再次来到这里，还是如此。

我对这幅画始终存在着距离感。当我敢在这幅画前留影了，才敢认真地欣赏。我敬畏他凌厉而深刻的目光，那是在审视你的内心，毫不留情。有次我看斯坦尼斯拉夫斯基《我的艺术生活》，他回忆了初识托尔斯泰时的情景："我们来做客的人依次被引见，他握住每个人的手，用锐利目光探测我们。我觉得自己被一颗子弹射中了。"同样的，柴可夫斯基也不敢与作家对视。他的日记留下心迹："我遇见托尔斯泰

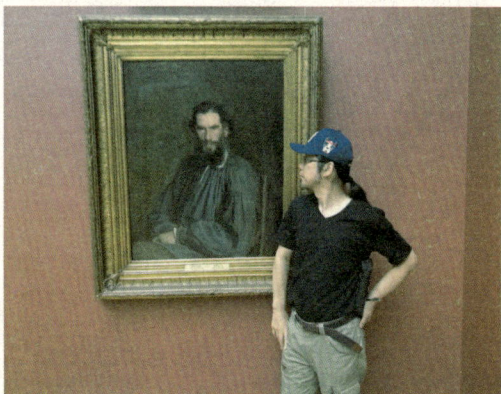

>作者在克拉姆斯柯依创作的《托尔斯泰画像》前

遥远的 _{狄康卡}
近乡

的时候，内心被一种恐慌和不安所占据，……这位伟大的心灵探险家，只要看我一眼，就可以洞悉我心底的秘密……"

画中的托尔斯泰当年45岁，正当壮年，他通过《战争与和平》一跃而为世界级的大作家，接下来的《安娜·卡列尼娜》同样会成为不朽之作。克拉姆斯柯依深知这一点，"我所画的托尔斯泰伯爵，是一位很有趣甚至令人称奇的人，在与他相处的几天里，坦白地说，我一直处在极度兴奋之中。他简直像个天才……"这位天才乍看起来像个农民：梳着农民式的分头，前额明亮，浓眉紧锁，深思的痕迹在鼻梁上形成两道深深的皱纹，鼻子宽大，也是农民式的，双唇闭着，似乎感觉一切不在话下，长长的络腮胡子顺脸颊而下，使得脸孔的下半部变得尖锐和苛刻。无法回避那双眼睛——为了这双眼睛，画家让一切都成为铺垫。画家是逐字逐句地读完了《战争与和平》，被震撼住了，好像忘了自我——他这种敬慕、体验、感应画入了这双眼睛，它们也就闪烁着广阔与深邃，而观者，似乎是被洞察了一切秘密、胆怯、荣辱、向往——这就是我站在这幅画前忐忑的原因。其实，不只是我。我发现，很多参观者都不在此画前做太长的停留，更多地跑到《无名女郎》前驻足、留影。而在我可以直视他的时候，仿佛丢下了一个包

>俄罗斯小女孩在《无名女郎》前（范行军摄）

袄，心里释然。

有时面对一幅画，就是面对自己。

我开始走向他，1783 年 9 月的托尔斯泰。我先走近，近到能听到他的呼吸，再退后。他，宁静，稳重，像一座山，穿着的那件独特的标志性的罩衫：上窄下宽，宽松厚实，竖着的褶皱让身形挺拔、坚定；隐约露出衬衣翻领的雪白，让农民式的上衣呈现了贵族气息，也衬托了下巴上飘逸的胡须；双臂自然放下，在膝盖处左手不经意地压在右手上，同样露出袖口的雪白，也就显露了与众不同。

这幅肖像能被人们所看到、认识并熟知，多亏了列宾。

>斯塔索夫墓地（范行军摄）

当时，托尔斯泰对自己的两幅肖像画都很满意，但坚决不同意把画拿出去展览。1876 年，列宾在特列恰柯夫家里看到收藏的这一幅，非常推崇，10 月 10 日给俄国艺术评论家斯塔索夫[1]写信，"克拉姆斯柯依的托尔斯泰伯爵肖像美妙极了"。于是，斯塔索夫再三恳求托尔斯泰，1878 年 4 月 12 日，他致信作家："如果克拉姆斯柯依给你画的那幅肖像画将会拿到巴黎参加世界画展，那么这完全是由于列宾的关系。因为是他第一个为这幅画而发疯，也是第一个从莫斯科写信给我说这是杰作。"于是，特列恰柯夫收藏的这幅画，才于 1878 年出现在世界画展上，令人瞩目。

---

1. 斯塔索夫（1824—1906）：俄罗斯著名艺术与音乐评论家、艺术史家。

遥远的 狄康卡近乡

这之后，托尔斯泰与列宾也开启了长达几十年的友谊。1887年，列宾为59岁的托尔斯泰又画了一幅肖像，也成为不朽的肖像画。

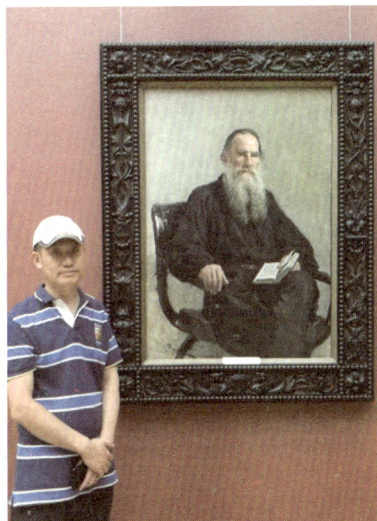

>作者朋友孔宁在列宾创作的《托尔斯泰画像》前（范行军摄）

当我来到圣彼得堡郊外的列宾庄园，在画家故居看到两座托尔斯泰雕像时，没有一点惊讶，而在克林的柴可夫斯基故居，看到一座列宾雕像时，同样觉得有趣，并且感慨：那个年代太好了，作家、音乐家、画家，靠着心灵的贴近，彼此借力，各自创作出了具有灵魂的生命之作：悲怆，复活，奔流不息，像伏尔加河……

若灯灭了，他用寂寞就能照亮黑暗

一、远方，把繁忙而光明的道路等待

　　一个人，总在某个时段，想要遇见另一个人，是命中注定的那种相见——与逝者相见。这就是，为什么许多人跨越万水千山，赶往某座老宅，某条河流，某座山，某棵树下，某个墓地：伫立，坐下，跪拜，徘徊；沉默，自言自语，泪流满面，洒滴滴清酒，拔凄凄荒草；来时匆匆，别时缓缓。

　　一个冬天的午后，我突然想要去见勃洛克。也许是看到了一张他的雕像图片：诗人身姿伟岸，穿着大衣，两手插兜，从容地目视远方。他的前面不是宽阔的广场，后面也不见雄伟的建筑，四周就是树。没鸽子。没人。

　　他在寂静里。

　　我想要去见诗人的那一刻，没有任何理由。但渐渐地才品味出，这种愿望出于需求。需求，则因匮乏，干脆地说吧，就是彻底地丢失了。

　　我匮乏了高傲。

　　我丢失了高贵。或是说，就不曾有过高贵。也许，有过短暂的时刻，内心和行为都是洁白的天鹅。时过境迁，现在的湖里，天鹅久已

遥远的 狄康卡
近乡

不再。

那么，远方呢？

我触摸诗人的诗集，摸索着找到远方。这是困倦、疲惫许久之后的饥渴。我想，这个时代与我一样，染上了更为严重的装睡。

装睡者，无梦。

醒来者，才要伐木，去远方。

那是怎样的一个远方——那是：微风从远方携来／春之歌的暗语；然后是：在枯黄的田埂后面／在远方／我的呼唤一下子苏醒；之后是：天空澄澈／远方清明。

远方，以异域的豁然和辽阔展现，那方位，既神秘又美妙，就像我向往的那座雕像上的目光所瞻望的：

> 请在远方的十字路口
> 把繁忙而光明的道路等待。

但远方的出现总是一种冒犯。在诗人"看见朝霞在远方荡漾"之时，敌对势力立刻现身，那是"在入狱的前夜"。远方对应的是"精神牢狱"。

我们早已被环境囚困，被习惯囚困，被恐惧囚困，更被自己囚困。

我们还被贫穷囚困："周围的人们不停地喧嚣／为金子和面包吵吵嚷嚷。"

喧嚣是一种疫情。一个时代的喧嚣产生的毒素，过些年就会在另一个时代慢慢发作。而所有的"吵吵嚷嚷"都具有强大的感召性，迫使心灵默许，习惯，接受，最后也

> 勃洛克

成了"吵吵嚷嚷"。感恩诗人吧，他总是在提醒和携领，以远方的召唤，竖起蓝色之旗——探索的蓝色，背叛的蓝色，灵魂的蓝色：

> 蓝色的窗户燃起红晕。
> ……
> 黄昏的影子安静地
> 躺卧在蓝色的雪野中。
> ……
> 你走过蓝色的路，
> 你的身后云雾翻腾。
> ……
> 她走了，去蓝色的远方。

蓝色对抗"黑夜"，蓝色对抗"阴影"，蓝色对抗"四周是茫然无边的黑暗"。

　　……又一个午后，我站在阳台上，感觉身体和窗外的树一样，光秃秃的，伸出的手干燥，起皱，没有光泽。那一刻，恐惧是对面高楼投下的阴影，完完全全笼罩住了我。那一刻，我想到自己确实需要一次出走了。

　　那是蓝色的远方。

　　但我不敢奢望会遇到诗人。莫斯科。8月。一天下午。离开布尔加科夫[1]的故居，步行前往高尔基和果戈理故居。我的脑子里还有些凌乱，好像还在那斑驳的涂鸦的走廊上穿越，那锅碗瓢盆，那挂在墙上的电话，那作家雕像上被人们摸得发亮的食指，那裸体的玛格丽特骑

---

1. 布尔加科夫（1891—1940）：俄罗斯著名作家，代表作有长篇小说《大师与玛格丽特》、戏剧《图尔宾一家》《逃亡》等。

遥远的 _{秋康卡}_{近乡}

着一把扫帚在夜空飞翔……路，不是笔直地从北到南，左边的房子一个挨着一个，却各有各的存在方式，住宅，酒店，超市，都不高，带有雕饰的廊柱和神兽的墙面，意味着坐拥久远，墙壁大都粉刷成了黄色，马雅可夫斯基要是穿上"未来主义"的标准服"黄上衣"，在此大摇大摆，倒也和谐。天蓝得不真实，云白得虚假——在俄罗斯只要抬头，就要小心了——你会被一种极美的色彩所迷惑。有时，让你觉得，所见是列维坦的云彩被放大了，例如此刻。当你平视前面的绿，又以为是希施金[1]的森林被移栽，例如在雅斯纳亚·波良纳。那么此时的路上还有什么？吸引眼球的自然是女人。漂亮的女人，走路都很快，也不打伞，走过来，花枝乱颤，面对你的眼馋，淡然一笑，凉爽胜过可口可乐。可口可乐，不便宜，路边就有卖的，冰镇的，大瓶的不说，小瓶的要6元人民币。花枝乱颤不可多看，解渴的还是水。不花钱的水在右边，就见一片湖面，明晃晃的，显得岸边的树幽绿。不知这里是不是《大师与玛格丽特》开篇的"牧首湖畔"。有了胡思乱想，走路就不觉得累了。何况，还有阳台上、窗台上的鲜花可看。不总是有花，东拉西扯的电线总是有的，粗的粗，细的细，乱吧，可路面就少了很多在国内常见的各种"拉链"。看到一座雕像，不认识，还是拍了照。然后右拐，走上一条不宽的小路，小路右侧紧挨居民楼，路面铺着的红砖，走在上面就像走回了小时候的路。

不同空间的历史和现实，总有相似的细节，只要你走出去，就会发现很多。倘若距离构成了彼此的遥望，这种遥望，也是一种供养。这样想的结果，虽然中午只喝了一杯咖啡，但现在一点都不饿。

走出这条小路，向左不远，进入一片小树林，清爽宜人。走着走着，隐约看到一个雕像的背影，高大，沉稳，在树木间显现出来。那

1.希施金（1832—1898）：俄罗斯著名风景画画家，代表作有《大松林》《橡树》《黑麦》等。

>勃洛克纪念雕像（范行军摄）

一刻，胳膊上的汗毛立了起来，不由地加快了脚步。

我仿佛一下子就站在了远方。

不错，勃洛克，就是我的远方。千里迢迢之念，瞬间变得触手可摸了。完全没有了距离。他的两手插在衣兜，那也是握过了我的手之后。他的眼睛望着前面，但我确定，那眼光里，有着一个东方人的身影，就像有着鸽子的翅膀，有着风的声音，有着闪电的光，有着蓝色的道路上的雪。我也确定，是我的脚步一开始出发就提醒了他，他才在这里等我。等待是一种默契。等待，启示我不要坐车，不要走大道，就走僻静的街道，就顺着这条小路走过来。我还确信，远方，是同路人的通行证，靠心灵签发。而诗，是有预见性的："我迈着无声的脚步走着／预见到藏在深处的永恒。"

此刻，他依然在寂静里：

> 我目光柔和，心绪宁静，
> 我蹲下来，静观默察
> 人间繁忙的事物
> 缓缓移动的阴影——
> 在幻想和梦境里，
> 在另一个世界的声响中。

遥远的 故乡卡近乡

在"另一个世界的声响中"的——远方——远吗？

远方不远。

远方是生成。是渐渐茁壮地生成。生成新的灵魂的领地。在此，心灵高傲，又使得"我蹲下来，静观默想"，不是跪拜，而是亲近和谦逊。

考察"远方"出现的所处时代，更能体现诗人站在旧世纪之末与新世纪之初的反思和警觉。他写于1898—1904年的《抒情诗第一卷》，当然包括着《美妇人集》，是最为地道的勃洛克。他不是巨人站在高处指出道路，他是年轻的守夜人眼睛里闪烁着黑暗中的星星。他不想做预言家和先知，他的远方不是绝对的可知，只是绝地的自觉，隐藏着魅惑的出口。而我相信，对远方的前往都是精神彼此的相认，如我在勃洛克的身边，是身与心的相遇。最早抵达远方的，总是诗人，有的用动词书写，有的用脚步押韵。我庆幸，鞋面上总有尘土。

我们都应该给自己签发一本叫作远方的护照。这是对现实的态度，更是对心灵的态度。

二、他用寂寞就能照亮黑暗

傍晚，我又来到这片小树林。他依然于寂静之中。在圣彼得堡普希金文化广场，每次都看见有鸽子落在普希金的头上、肩上、手上，还有脚上，这只飞走了，那只又飞来。可是，这里的鸽子好像知道我要来似的，此刻都不见了，或是早来了，跟他咕咕几句，夜里有雨，明早有雾，前面的路边有个喝醉的人摔倒了，又或是就在他的肩膀上，用嘴巴清洁一下翅膀，就飞走了。如果他是寂寞的，寂寞也就是他的。我相信，是他挑选了这片安静的所在。此时，落日余晖让他的脸庞显出一丝温暖，他的头微微抬起，恍惚间，觉得他从衣兜里抽出左手，捋了一下头发，又放进衣兜。于是，我也用左手捋了一下头发。两个动作的叠化让我感到，我再回来，是与诗人的重逢。

诗人不知道的是，还有更多次的重逢，是在别处。在别处，我看他看得更清楚。看他的禀赋，看他的宽容，看他无法言说的忧伤，看他不曾改变内心的准则的慰藉。我看诗人更清楚的时候，是在看一条路，就想：如何才能做得像他一样，不求有多好，但求少些愧疚。

我在高尔基那里，看到他。

那天顺着铸造厂大街一直向北的话，不远就到了厦园了，就

>勃洛克纪念雕像（范行军摄）

到了那个春日的阴寒的晚上了，那时这座城市还叫彼得格勒，高尔基和勃洛克坐在厦园的一个长凳上，谈论着不死的问题。我看出来了，高尔基觉得跟这位诗人谈话是件困难的事，可不像在"流浪犬"俱乐部，谆谆教导马雅可夫斯基，对方毕恭毕敬。后来，高尔基在《文学写照》里讲了一个故事，这是一个妓女跟他讲的：

　　是在一个秋天的晚上，已经很迟了，您知道，街上有泥，又有雾；已经快到十二点了，我倦得很，打算回家去。突然间在意大利人街的角上，我被一个衣服穿得很整齐的、漂亮的、样子很骄傲的男人唤住了。我还以为他是一个外国人呢。我们一块儿走路到离这儿不远的地方，加拉凡拉亚街第十号，那儿有着给人幽会的屋子。在路上就我一个人说话，他一句话也不说。我们到

遥远的 秋康卡
近乡

了，我要茶喝；他按铃，茶房却不来，他便自己到走廊上去。您知道，我那时真觉得冷，就在沙发上睡着了。后来我突然醒了过来，看见他坐在我面前。他的两只手捧着头，带着极严肃的神情，用一对怕人的眼睛看着我！可是我呢，我连怕也不怕，只是很不好意思。我想着：啊，我的上帝，这应当是个音乐家吧！他长了一头的卷发。"呀，对不起，"我对他说，"我立刻就脱衣服。"他呢，他对我客气地笑了笑，回答说："不必了，不要麻烦吧。"他在沙发上坐下来，把我抱到他的膝上去，摸着我的头发，对我说："好吧，您再睡一会儿吧。"你想想看，我又睡去了。多羞耻！自然我明白这是不好的，可是我也没有别的办法。他轻轻地摇着，跟他在一块儿很舒服。……我睁开眼睛，我对他微笑，他也对我微笑。我相信我真的睡着了，他小心地推着我，对我说："再会，我得走了。"他放了二十五卢布在桌子上。我对他说："喂，怎么一回事？"自然我很不好意思，我求他原谅。这一切都很滑稽，很特别。他呢，温和地微笑着，跟我握了手，并且还亲了我的手。他走了，等我走的时候茶房对我说："你知道跟你在一块儿的是谁？这是勃洛克，诗人。"他指给我看一份杂志上面的一张像。

高尔基听完妓女的讲述，接下来说："我把我身边带的钱全给了这个女子，从那时候起我就觉得我很能了解勃洛克，而且他是跟我很接近的了。我喜欢他那副严肃的面貌和他那个文艺复兴时期的佛罗伦萨人的头。"

　　我在奥多耶夫采娃[1]那里，看到他。

　　其实，我在涅瓦河边不止一次看到他徘徊的身影，这与奥多耶夫

---

1. 奥多耶夫采娃（1895—1990）：俄罗斯白银时代诗人，1922 年流亡法国巴黎，91 岁时返回祖国。她的两部回忆录《涅瓦河畔》《塞纳河畔》很有影响。

采娃在《涅瓦河畔》里的描写叠加在一起。她是诗人古米廖夫[1]的学生，却说："在那些岁月里，我思想的真正的主宰者不是古米廖夫，而是勃洛克。"她把勃洛克当作神一样的人：

> 勃洛克身上的一切，外表和内心，都是美好的。他让我觉得是半个神。看见他时，我体会到某种类似神秘的颤抖。我仿佛觉得，他被无形的光包围着，倘若电灯忽然灭了，他会照亮黑暗。他给我的感觉不仅是诗歌的最高体现，而且他就是变成人样的诗歌本身。

我在安德烈·别雷[2]那里，看到他。

我不大喜欢别雷，虽然读他的诗，看他的巨著《彼得堡》，但那天在新圣女公墓，还是为了寻找他的墓地，转了好几圈，最后只好求助一个胖姑娘，她看来是一个文艺女青年，在好几位作家墓前静默。我用汉语发出"别雷"，她就听懂了，把我带到想象中很高实际上很矮的墓碑前。墓地上的那棵橡树，倒是比图片中的大多了。俄罗斯老资格的女诗人吉皮乌斯[3]说别雷，"是活生生的不忠诚。这是他的天性"。就是这个家伙，读了勃洛克的诗"兴奋得简直要在地上打

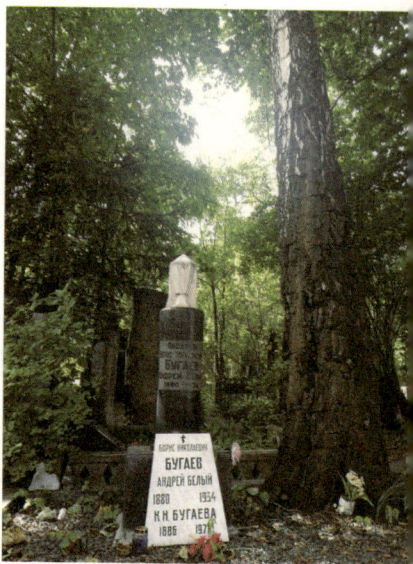

>别雷墓地（范行军摄）

---

1. 古米廖夫（1886—1921）：俄罗斯著名诗人，"阿克梅派"领袖。1921 年因"参与反革命阴谋活动"之罪名被枪杀，半个多世纪后得到平反。他是阿赫玛托娃的第一任丈夫。
2. 安德烈·别雷（1880—1934）：俄罗斯著名诗人、作家，新一代象征派代表人物，诗歌成就非凡，长篇小说《彼得堡》更是经典作品。
3. 吉皮乌斯（1869—1945）：俄罗斯著名诗人、作家、批评家，老一代象征派代表之一，十月革命后逃亡国外。

遥远的 狄康卡近乡

滚"，却又在朋友与朋友妻子之间横插一杠。过后又疯疯癫癫、语无伦次地懊悔："我神秘地爱上了他，并通过他爱上了她。我……只知道爱她是圣洁的。……噢，她把我折磨苦了！……可她变化无常，犹如海浪，犹如月亮……她请求我救她，带她走。所以我们决定出国。……异样的、悲剧性的1906年春天，我没有离开她。她要求我，她自己要求的，发誓救她，哪怕违背她的意愿。……"因为他是这个样子，我不愿意伸手把墓地上的杂草拔一拔，哪怕一根。他既对朋友不忠，又当面伤害了朋友。他竟然对勃洛克摊牌了，把一切都说了，然后"等待决斗，准备挨打。甚至是致命的打击，来吧"。但，勃洛克根本不想动手：

> 他沉默着，久久地沉默着。然后轻轻地，比以往还要轻，面带同样的微笑又慢慢说："那好吧……我很高兴……"她在坐着的沙发上叫起来："萨沙，难道就……"可他什么都没回答。于是我和她默默地出来，轻轻把身后的门死死关上。她哭了起来，我也随着她哭了。我为自己感到羞耻，为她。可他却……这般伟岸，这般英勇！更何况那一刻他多么美。

门捷列娃是伟大的化学家门捷列夫的女儿。面对妻子投入朋友的怀抱，勃洛克从一开始就原谅了她。如果说，没有她就没有诗人蜚声诗坛的《美妇人集》，不如说诗人的心胸，装得下生活的各种"监牢"。可以说，我在别雷那里，看到了勃洛克的隐忍和宽恕。

我在吉皮乌斯那里，看到他。尽管在圣彼得堡的姆鲁济大楼，她故居的楼下，没有想起她的一首诗。

吉皮乌斯对勃洛克早期的诗歌并不待见，在给别雷的信中说，"他的才气，似乎，远不如您"。在回忆录《那一张张鲜活的面孔》里，她

>勃洛克与门捷列娃纪念雕像，俄罗斯萨河马托沃镇

遥远的 狄康卡
近乡

对勃洛克的第一印象也很一般："我并不觉得勃洛克漂亮。……脸是直板的，一动不动，平静得如木雕石刻一般。……他慢条斯理、少而又少的话语听起来如此费劲。"不过，时间让她发现了年轻诗人的另一面："与勃洛克交往越多，他的性格特征就越是清晰。这特征具有双重性：首先是他的悲剧性，其次是他的不设防。不设防什么？什么都不设防：不设防自己，不设防别人，甚至不设防生死。"这一判断应该是准确的。勃洛克在十月革命后发表了著名长诗《十二个》，因为诗中立意"含糊"、结尾处行进队伍的引领者"是耶稣基督"，导致了革命者和拥护革命的这一方，觉得长诗缺少"战斗性"；而对革命不满和不理解的这一方，尤其是一些诗人、作家、艺术家，则对勃洛克投身革命表示极大的失望，这里就有吉皮乌斯。

>吉皮乌斯

秋天的一天，吉皮乌斯与一个女友乘车，一个站在她旁边的男人突然对她说：

"您好。您能把手伸给我吗？"他缓慢地说，跟从前一样吃力。

"从个人角度，可以。只是从个人角度。不是从社会角度。"我向他伸出手。

他吻我的手。片刻沉默说："谢谢您。"

……

我站起来，我要下车了。

"再见。谢谢您把手伸给我。"

"从社会角度讲，我们之间不存在联系。您知道，永远……但从个人角度来说，我们仍一如既往。"

我再次把手伸给他，他再次垂下枯黄、病态的脸，慢慢地吻我的手。

诗人那时心思沉重，两个阵营对他都不满意，让他失望，又看不到希望。加之饥寒又染疾病，心力交瘁，这个女人的握手恩赐不啻当胸一拳。审判别人，总是容易的。就像这个吉皮乌斯。但我从不觉得她是个胜利者，别看她高高在上，端着审判者的架势。相反，是她让我看到一个男人应该有的高度和气量。勃洛克早已养成一种豁达的气度：

> 或许你想成为对我的判决？
> 我不知道：我已将你遗忘。

勃洛克永远都不是一个输家。他可以卑微，但不会蜷缩。

此刻，不远处有路灯亮了，我真希望这个夜晚莫斯科停电。我相信，"他会照亮黑暗"。

他用寂寞就能照亮黑暗。

离开他，走向暮色，分明听到他说：

> 当白昼的炎热扰乱歌唱和憧憬，
> 我愿在这世界上听那呼啸的风！

三、比草更低，比水更静

抵达圣彼得堡的第二天。早起，淋浴，换衣，煮面。民宿的好处

遥远的 牧康卡
近乡

就是可以下厨房，仿佛在家，而"干草市场"的鸡蛋黄和北京朝阳区菜市场的鸡蛋黄，也是一样的，就缺两棵香菜。

出门了，陌生感立刻形成了一处处的新奇与别样。

今天出门，向墓地而寻。

在墓地，我看墓碑上的生卒年，从来看的不是生与死，而是两点连成的一条路。凡是能念出那上面名字的，那条路就没有到头——来者，就是路的继承者，更是延续者。没有血缘的继承与延续，使得那条路，更长了。墓地是一块精神遗产之地，它让极度贫困的经历变得渐渐富有。我就是不想自己总是一穷二白，所以，一次次地来到墓地。

从"干草市场"地铁站坐 5 号线，向南，出站正对沃尔科沃大街。马路对面是一大片树林，一条不宽的小河隔开了树林和路。顺着马路向东走，前面会出现一座桥，过桥，不远，就是沃尔科沃公墓——在路上，攻略比真理管用。

走不多远，看到路边有两棵醋栗。醋栗成为俄罗斯对外宣传的"著名植物"，得归功于契诃夫的小说《醋栗》。它，圆圆的，比黄豆大一点，在绿叶下不卑不亢地红着。我闻了闻，摘下一粒放在嘴里，微甜，带一点酸。继续向东走，过一条马路，就见对面树林边上站着一个高大的雕像，像是一个神父，伸出双手，安抚众生。再往里看，好大一片墓地。又向前走了三四百米，从右边的门进去，里面全是墓碑。有的高大，墓碑前干干净净，有鲜花；有的墓碑倾斜了，陷在草丛里。很多条小道通向更深处的墓碑。这里是纪念二战时列宁格勒被围困的死难者公墓。

静静地离开了，还是往东走，很快就看到一幢很是壮观的红砖建筑，也就看到了对面的桥。走过桥，路左的树林里隐约可见一个个墓碑，可还是看不到门。直到树林尽头，路西出现一个小广场，往左看，才见 100 多米处有个门。走到门口时，我确信，离诗人非常的近了。

勃洛克安葬在这里。

作为诗人，在这里，勃洛克不是以一块墓碑的形式存在的，而是以一种风范，以一种唤醒的力量——唤醒你对诗人的全部认识：他的唯美，他的忧郁，他的"美妇人"，他的"蓝色"的"远方"，他的象征，他的舞台上的戏，他的夜，他在黯然之处的泪，他的卡门，他的爱和爱的苦楚，他的隐忍和宽恕。是的，宽恕，我不记得诗人恨过谁。在最黑暗的日子里，他只记得伸过来的干净的手。

我撩起涅瓦河的水，是凉的。

他看伊萨基辅大教堂上的雪，是白的。

走向他。

走上一条安静的小路，两旁的树有的很高大，枝叶繁茂，青草也茂密；有的弯弯绕绕的，开着小花，伸到了路上，稍不留意，就会踩到。我倒真的希望，它们密密麻麻地连成一片，把脚步绊住，让我可以在希施金的树林里，慢慢走，半天也出不来。有小鸟从前面的草地飞起，翅膀在树叶间的光束里，眨眼又不见了。一下，周围又变得极其安静。其实，一个声音在我刚一走进树林时，就悄然响起，这时也就分外清晰起来。也许，一种语言，任何时候都不如在墓地里闪现，更能彰显出特殊的超然的神秘力量。

很多诗，是在墓地复活的：

> 你我都是丛林之子，
> 我的面孔司空见惯。
> 比水更静比草更低——
> 一个骨瘦如柴的鬼。

比水更静，比草更低。这是诗人自始至终的样子。他可以不屈不挠地

遥远的 狄康卡
近乡

瞻望远方，也能够心甘情愿地下落到尘埃，直至低到了尘土之下。他早就思考过了死。22岁时，他写了《为外祖父之死而作》："我们的时辰到了——要记住／更喜欢并庆祝另一种乔迁之喜。"但儿子的死让他陷入了巨大的悲痛。妻子怀孕期间，他整天容光焕发，不爱笑的他也总是露出温存的笑意，说话的嗓音也变了，热情，轻松。儿子出生后，他取名德米特里，纪念岳父门捷列夫。可是，男孩没有活到十天就夭折了。他无法面对，见到朋友就不厌其烦、翻来覆去地讲述、解释孩子为什么没能活下来，为什么会死。他的脸上流露出惊慌失措的神情。

死亡是需要学习的。

无法判断是否因为儿子过早地夭折，他更敢于直面死亡了，但离开了"美妇人"，他确实更多地看到了"阡陌纵横，河流交错和丛林密布的罗斯"，而这样的诗句也是在掩埋了儿子之后："我多灾多难的道路有多甜蜜／死去是多么轻松和明了。"

在《罗斯》中：

> 我沿着忧郁的小路
> 连夜赶到乡村墓地，
> 我躺在一座坟上过夜，
> 久久地哼唱着歌曲。

死亡，成了新生的起点。或者，死亡并不是一次死亡，而是活着时的终极体验。他耐心地设想并描绘出了自己的死：

> 或在复活节之夜的涅瓦河上，
> 在冷风与严寒里，当河水封冻——

会有一个贫穷的老妪用拐杖

把我平静的尸体拨动？

或在爱的林中草地，

伴着秋天的飒飒声息

会有一只小小的苍鹰

在雨雾中撕啄我的躯体？

　　此刻，但愿我的前来，没有打扰到他。安好。安好。如果我的前
来还能让他的"坚信"多了一个证明：

然而我坚信——我如此热爱的一切

绝不会消逝得无影无踪，

这贫困生活的全部颤音，

这不可思议的一腔热情！

>勃洛克墓地（范行军摄）

此刻，我站在了他的面前。墓碑上刻着生卒年：1880—1921。他生得高高大大，墓碑却修长清瘦，如他预言"一个骨瘦如柴的鬼"。这样的清瘦与挺拔，是不因屈服于命运而蜷缩的清瘦与挺拔。黑色大理石面镌刻着他的侧面像，年轻，孤傲，在树荫下好像在聆听远方的风声。过了一会儿，我把目光转向左边，那里还有一个墓，是门捷列娃的，这又让我想起别雷。1965 年 9 月的一天，阿赫玛托娃回忆了那个悲痛的日子："棺材里躺着一个人，我从未见过。有人告诉我，那是勃洛克。他身旁站着一个白发苍苍的老人，秃顶，一双精神失常的眼睛。我问：这是谁？有人说：安德烈·别雷。"

　　那天，整个城市都在安葬一个诗人。

　　关于勃洛克的死，有一个人的说法成为预言，她是茨维塔耶娃。1916 年 5 月，她就在《致敬勃洛克》组诗第六首中，预测了诗人之死：

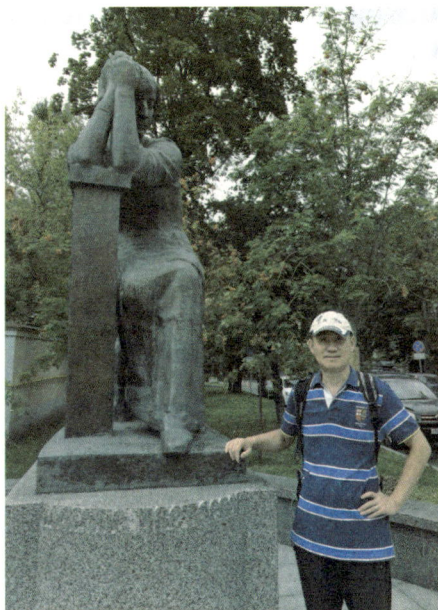

>作者朋友孔宁在茨维塔耶娃纪念雕像前（范行军摄）

他们认为——他也是个人！

所以逼迫他去死。

如今他死了。结束。

——为天使哭吧，哭。

她命名诗人是天使。最后一节：

人们祈祷。牧师

不知在诵读些什么……

——诗人死去，而大地

为因复活而庆祝。

这样的"复活"之"庆祝"，在俄罗斯的诗人中，此前只有普希金。茨维塔耶娃认为勃洛克，同样当之无愧。

以色列诗人阿米亥说，"在墓地，我们回忆起生者"。此时，我仿佛听到了教堂的钟声。我回头看向树林那边的教堂，是它响起的钟声吗？是不是都没有关系，我来把钟声敲响吧：

或许你能做得更好，

不提原谅，却把我的钟敲响，

好让那夜晚泥泞的道路

一刻也不背离故乡？

勃洛克始终没有背离故乡。他背离的是喧嚣。即使在这片墓园，他也孤孤单单。而在南边那片著名的文学家之角，屠格涅夫、冈察洛夫、库普林……相伴而居。

>作者在屠格涅夫墓地

他的墓碑与雕像，都在寂静里。

中午了，阳光照在墓地的条条小路，明亮明亮的，而一些在大树下的石头墓碑，阴凉处长满了青苔，上面的刻字也成了绿色。除了鸟叫，再没别的声音。偶尔能看到东面马路上，有汽车闪动，竟也听不到一点动静。难道，他们都要等到月明之夜，才会互相拜访，叙旧聊天，或者朗诵刚刚写过的文字吗？

离开这片墓地之前，再次从那条小路走过来，去和诗人做最后的告别。

这天晚上，从涅瓦大街的普希金文学咖啡馆出来，天空还很亮。到涅瓦河边走走吧，再看看青铜骑士。十二月党人广场的草坪上，有孩子玩耍，有恋人依偎，有三五成群的人或靠或躺。涅瓦河上的云彩，由淡淡的玫瑰色，一点点变成灰蓝，灰，灰暗。暮色四合了。弯下腰，拔了几棵青草，想起诗人的《合唱队里的一个声音》。这首诗里有我最喜爱的一行——我想，诗人也是非常喜欢吧，1905 年之后，于 1910—1914 年间，再次把它写进这首诗，只是前四个字和后四个字调转了一下：

> 还是满意自己的生活吧，
>
> 比草更低，比水更静！
>
> 啊孩子们，假如你们能知道
>
> 未来的日子阴暗和寒冷！

我知道，不论我怎样热爱诗人的诗，也不可能成为诗人，也许在内心深处，原本是想成为那样的人——这与自不量力无关——关乎愿景。如今，愿景以另一种形式呈现：我跨越，我奔跑，重要的是，去遇见苦难和梦想，遇见坎坷和诗意，遇见命运和光荣，遇见他们，就是靠近人生。从而，认知愈加丰富的世界。丰富，包括着不完美。正是不完美，让我每每急坠之下，得以抓住飞升的翅膀。站在波罗的海岸边，我想起波兰诗人扎加耶夫斯基"尝试赞美这残缺的世界"，看淡了一路的不顺。我习惯了在尘埃里找到精灵。

我卑微，故尊高尚。

每一次跟随诗人的脚步，都能对生命给予一次清醒的判断，尤其是自信：

>邮票上的勃洛克

遥远的 狄康卡近乡

我依旧是永恒的，平和的，

一如很久以前，有梦的年代。

尽管涂着佛堂里一层沉重的黄金，

我的灵魂依旧保持这洁白。

是的，灵魂的洁白。

是的，比草更低。

是的，比水更静。

纪念碑、墓地和爬烟囱的小男孩

一、伟人纪念碑在圣彼得堡

据报：2009 年 4 月 1 日凌晨 4 时 20 分左右，位于圣彼得堡芬兰车站前的列宁纪念碑遭到炸弹攻击——雕像后面的风衣部分被炸开一个直径约一米的大洞，另有六处地方不同程度受损。事发后，修复专家们经过现场勘查和研讨，认为雕像损害程度不是特别严重，可以不

>芬兰车站的列宁纪念碑

遥远的 _{近乡} _{狄康卡}

拆除修复。

列宁的形象被攻击，在这座城市叫作"列宁格勒¹"的年代，绝无可能。

说起这座纪念碑的前世，就得回到 1917 年 4 月 8 日——那天，列宁乘坐火车穿越德国，前往瑞典的斯德哥尔摩，再乘坐雪橇进入芬兰，4 月 16 日深夜，他再坐火车抵达彼得格勒的芬兰车站。他站在装甲车上发表演说的姿态，被青铜定格，与芬兰车站一起成为革命景观。

芬兰车站被世界瞩目，茨威格的《人类群星闪耀时》这部书功不可没：

> 这个昨天还住在修鞋匠家里的人，已经被千百双手抓住，并把他高举到一辆装甲车上，探照灯从楼房和要塞射来，光线集中在他身上。他就在这辆装甲车上向人民发表了第一篇演说。大街小巷都在震动，不久之后，"震撼世界的十天"开始了。这一炮，击中和摧毁了一个帝国、一个世界。

我年轻时在一个夜里看到这段，心情挺激动。更早些时，我从两本小人书和两部同名黑白电影认识了列宁：《列宁在十月》《列宁在1918》，而火车司机瓦西里说的"土豆会有的，面包也会有的"，简直就是那个时代的精神口粮。我还画过伟人：宽大的额顶高昂，眼窝深陷，目视前方，挺胸，左手插兜，右臂前伸，手掌如刀。父亲书架上的《列宁选集》，砖头一样厚，对我来说有点重了，却也翻过。

总之，不管后来又发生了什么，我都想到芬兰车站看看列宁同志。

---

1. 列宁格勒：圣彼得堡始建于 1703 年，市名源自耶稣的弟子圣徒彼得，1712 年彼得大帝迁都到此；1914 年，叫彼得格勒，"格勒"是俄语"城市"之意；1924 年列宁逝世后，改名为列宁格勒。1991 年 9 月 6 日，俄罗斯联邦最高苏维埃颁布法令宣布列宁格勒恢复旧名圣彼得堡。

第一次来圣彼得堡，错过了。

第二次来圣彼得堡，飞机落地，就坐上机场大巴，进入市区后，在莫斯科大街下车步行，去寻车尔尼雪夫斯基纪念碑。走着走着，看到前方有一座高大的雕像，正是列宁。三年前去普希金城途中与他擦肩而过，这次算是一次弥补。

但，我还是惦念着去一趟芬兰车站。我想亲眼见证一下列宁的姿态，并试图揭开一个谜团：当年，列宁是怎样站在了装甲车上的？

茨威格说，列宁是"被千百双手抓住，并把他高举到一辆装甲车上"。

生于列宁格勒后又被驱逐出境的诗人布罗茨基则是这样看的："有一天，一列火车抵达芬兰站，一个小个子男人从车厢里出来，爬上了一部装甲车的顶盖。"

我以为会在路易艾·费希尔厚厚的两卷本《列宁》中找到确切说法，可是，他对列宁抵达芬兰车站的情形惜墨如金，只写了伟人面对狂热的人们高声地说了句"亲爱的同志们，士兵们、水兵们和工人们"，就转场了。

不过，我在埃德蒙·威尔逊的《到芬兰车站》找到了比较详细的描述：

> 今天，火车从芬兰进入俄国的终点站是个灰泥色的破旧小车站，……这个火车站的格局和外观倒很像是乡下的小火车站，绝不像是一个大都会的火车站。……那里还保留有一个沙皇的休息室，列宁的火车在 4 月 16 日深夜进站后，许多同志就在那里迎接他。他在月台上遇见许多从监狱或从外地流放回来的人，他们看到他时都激动得热泪盈眶。

埃德蒙·威尔逊形象地勾勒出了当时的情景：列宁不慌不忙走进沙皇的休息室，他外套的扣子没扣上，手上捧着一大束刚刚下车时人们献给他的玫瑰花。他对迎候的人们说了一番鼓励的话，"你们正在从事的俄国革命已经踏出了第一步，已经开启了一个新纪元"。然后，离开了沙皇休息室，受到了更加热烈的欢迎，"众人把列宁高高抬起，将他放到停在外头的一辆装甲车上面。……列宁此时站在装甲车上，四周围满了群众，他准备再次发表演说"。

　　其实，列宁是被众人"高举"，还是"抬上"，或是"爬上"的装甲车……对我影响不大。我会将青铜雕刻下来的那一时刻，看作历史。不错，历史是可以被打扮的，很多时候也是被误导的。列宁同志依然站在那里，任由评说，不回避现实，更是尊重历史。

　　但是，那天傍晚在前往芬兰车站的路上，我转身回去了。实在是走不动了。早起坐地铁转中巴，两个多小时前往列宾庄园，过了中午才在一家土库曼斯坦风味的餐厅填饱肚子，再一路步行过了两条大河去找夏里亚宾[1]故居，一直都在走。当时，是在还要步行3公里后，才决定停止前进的。往回走，到一个街边花园的长椅上休息，刚一落座就有鸽子飞到脚边，它们歪着脑袋看人，我以同样的姿态回看，就把它们看惊了。然后，再起身来到一个圆形广场，在旁边的一家剧院前看了

>圣彼得堡的一家剧院（范行军摄）

---

1. 夏里亚宾（1873—1938）：俄罗斯男低音歌唱家，被誉为世界低音之王。1935年，歌唱家曾来中国做旅行演出，在哈尔滨、上海、北京和天津举行了独唱音乐会。1938年，歌唱家在巴黎去世，46年后，他的遗骸从巴黎迁葬到莫斯科新圣女公墓。

纪念碑、墓地和爬烟囱的小男孩

一会儿。剧院门口挂着很多漂亮的海报，看来这里经常上演一些现代剧。有人在买票。

做一个好的观众也是很难的。我不是。

夜里躺在床上，带着巨大的失落，沉沉睡去。

醒来确信，未能前往芬兰车站，已成遗憾。生活中，确是需要见证一些事情的。其实，在见证了伟人、英雄、诗人、科学家站在那里，也是见证了自己站在那里，千里迢迢，哪怕只是几秒钟。这是一个仪式。而我，缺席了。

原来，我们从一个地方出发到另一个地方，从来都不是简单地经过。

于是，在接下来的午后，我们寻找到了爬烟囱的小男孩。就像二年前在克里姆林宫，我坚信能把走丢的一个同伴找回——只是比别人多走了 200 多米，在出口处，看见她焦急的目光——而小男孩则在高高的梯子上，泰然处之。

二、列宁纪念碑在克里米亚半岛

因为错过了芬兰车站的列宁纪念碑，几天之后在克里米亚半岛的雅尔塔，从奥特卡山上的契诃夫故居下来，到了海滨大道就往东走，直到看到一个广场上伟人高高地站在那里。他头顶蓝天，气势非凡，左手攥着前襟，右手握着一卷纸，应该是一份宣言书吧。他不像在圣彼得堡的莫斯科大街旁，显得孤单，这里是一个美丽的广场，高树耸立，鲜花盛开，长椅上坐着男男女女，悠闲自在，或在晒太阳，或是聊天，而有的则眯缝着眼睛看着前面的海。十几个少年在玩轮滑，快速，敏捷，玩累了躲在纪念碑的阴凉里，嘻嘻哈哈，接着又飞驰而去。

身为局外人，我敬重雅尔塔人对待纪念碑的态度，这也是一种生

遥远的 狄康卡近乡

>列宁纪念碑，在雅尔塔（范行军摄）

活的"艺术"。

再次回到海滨大道，看到了"带小狗的女人"纪念碑：安娜牵着小狗，美丽优雅，古洛夫在她旁边，英俊潇洒，那样子倒有几分像契诃夫。来来往往的人很多停下来，站在她和他之间留影，小狗的脑门被摸得锃亮。

几天后，西行来到"至尊的城市"塞瓦斯托波尔。当日下午，从克里米亚战争纪念馆出来，我们向北找到了托尔斯泰纪念碑，又在古

>契诃夫小说《带小狗的女人》主题纪念碑（范行军摄）

战场遗址徘徊了一会儿，回来途中，路边有许多老照片，我又看到了列宁，他站在一个广场上，挥手向前。我拍下了这张照片。

　　接下来，我们走上一条德国战俘修建的坑坑洼洼的路，缓缓上行，去看圣弗拉基米尔教堂。在路上，我看到左边有一个荒废的花园，由一个个柱子间的铁皮和铁丝网与道路隔开了。碎石、砖头、荒草、不整齐的树木，乱七八糟的。我是一个好奇的人，来到一个裂缝处向深处张望，就看到一个熟悉的姿态——列宁。我有些发呆。再仔细看，又对照刚刚拍下的照片，发现这是同一座纪念碑。他不是在一个广场中央吗？怎么会在这里？女导游看出我的诧异，解释说，列宁纪念碑是后来被移到这里的。

　　从圣弗拉基米尔教堂离开，我们前往城市的中心纳西莫夫广场。先是去看广场右边的伯爵码头，还有码

>列宁纪念碑，在塞瓦斯托波尔（范行军摄）

遥远的 ^{狄康卡}近乡

头对岸黑海舰队的军舰，再回到广场中央。我抬头凝视着这座高大的纪念碑：纳希莫夫将军很有绅士风度。他穿着军大衣，从容远望，左手微微放在身后，右手握着单筒望远镜。他是俄国杰出的海军统帅，曾指挥战舰大败土耳其海军。1856 年 6 月 28 日，他在视察棱尖棱堡炮台时，被一颗子弹击中面部，昏迷两天后去世。他的葬礼是一个庄严、肃穆的仪式，敌人也敬畏地沉默着，葬礼过程中没有发射一颗炮弹。离开这里前，女导游给我和宁宁拍了一张合影，这也是我们重返俄罗斯一路行走的第一张合影。我们来到广场东南边的二战纪念馆，可我频频回头看着纳西莫夫广场，再拿出手机看那张照片，我发现，此前的列宁纪念碑就在这座广场中央，也就是将军此时的位置。此时，女导游再次解惑：此前看到的列宁纪念碑原先是在这里的，也是从这里移走的。

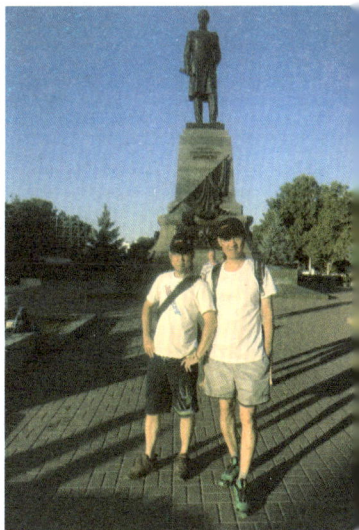

>作者与孔宁在纳西莫夫广场留影

　　女导游没说列宁纪念碑何时被移走的，我也不想去猜测了，只是心头有着一丝悲凉。也许夕阳正西下，有些凉意也属正常。其实在塞瓦斯托波尔，傍晚距离黑夜的降临，还有一段不算短的时间。

三、列宁墓地在莫斯科红场

　　但是，天还是慢慢黑下来了。黑夜，总会令人浮想联翩。

　　三年前 8 月的一个上午，我在红场排队等候了一个小时，就为到列宁墓去瞻仰他的遗容。红场上人来人往，天空中乱云飞渡。

>莫斯科红场（范行军摄）

　　尼古拉·津科维奇在《二十世纪最后的秘密》一书披露，1997 年底，一份用俄罗斯联邦总统安全保卫局公用信纸打印出来的机要文件流入到了大众传媒，文件共分 14 个要点，主要说明了将列宁墓迁离红场的计划和步骤。有人说，这是有意泄露出来的，目的是探测一下民间的反应。此前的 9 月，关于将列宁遗体移除红场的言论达到了高峰，尤其时任总统叶利钦引用大牧首的话，"应该按他遗言所说的把他安葬在圣彼得堡他母亲的墓旁"，更是推波助澜。

　　我跟着前面的人，慢慢往前走。

　　弗拉基米尔·叶菲莫维奇，是列宁中央博物馆的最后一位馆长，这位历史学博士说："我没见过列宁的这份要求把自己葬在圣彼得堡母亲墓旁的遗嘱。我认为，这样的文件并不存在。如果它真的存在，那么是在某个对我保密的档案馆里，那它应该在这段时间公开。可能，在公开之后，我对这个问题的态度也会改变，但是我认为这种公开根

　　　　　　　　　　　　　　遥远的 _{狄康卡近乡}

本不会有，这是捏造的谎言。"

　　终于来到墓地门口了，收起手机，摘下帽子，还是跟着前面的人往里走，再往下走，很快就陷入黑暗之中，却也无需明确的方向，跟着前面的脚步亦步亦趋就可以了。队伍走得很慢。没有一点声音。来到一个空壳似的建筑里，中间的光亮把人们的目光一下子都吸引过去。我看到了他。他躺着，左手平平地放在身上，右手轻轻握着。他的脸呈现出电影和画报上的样子，额头宽大而明亮，鼻子挺拔，下巴倔强，胡子整齐不乱。

　　那位历史学博士态度非常明确："把列宁葬在红场墓中是根据苏联第二次苏维埃大会的决议进行的，就是说，是有法律依据的……"

　　也许几十秒，也许一分钟，也许两分钟，总之是很快，我从地下回到地上。

　　恍惚间，好像从未离开过红场。还是那么多的人来人往，还是那么千姿百态的乱云飞渡。我看了一眼还在排队的人们，问美丽的俄罗斯导游丽达，列宁墓会从红场移走吗？她说，各种说法和讨论一直都有。我又问，她是希望列宁墓在这里，还是被移走。她说，还是放这

>莫斯科红场排队等待瞻仰列宁遗容的人们（范行军摄）

里吧。我等着她说出理由，她却去招呼别的人了，显然对这个话题不想多说。本来，我还想从她那里验证是否有这样的传言："列宁遗体一旦被移除墓地，叶利钦就会丧命。"

隔日下午在新圣女公墓，丽达指着路边一座很大的墓碑说："这是叶利钦的墓地。"我拍了一张照片就离开了。三年后再来新圣女公墓，想要再看看小英雄卓雅，却怎么也没找到，又路过他的墓地时，倒是仔细看了看他的墓碑，确是俄罗斯国旗的白蓝红三色，由高到低，但下面的红，又真的不是纯正意义的红。

四、爬烟囱的小男孩在墙上

在俄罗斯，访故居、寻雕像、观墓地、看美术馆，都很有意义，但最有趣的一次找寻，是在圣彼得堡的那天中午，从陀思妥耶夫斯基墓地回来，前往陀思妥耶夫斯基故居途中，要去遇见"爬烟囱的小男孩"。

临行前，宁宁就说有时间可以去会会那个小男孩，他著名。但，真找起他来，路边的很多人，一概摇头。东，南，西，北，转来转去，我们又回到起点——陀思妥耶夫斯基纪念碑的后面。这个小家伙爬到哪儿去了？宁宁确定就在附近。这时，一栋临街的灰色建筑的大门洞出现了，我们停下来讨论：既然他在一个楼的墙壁上，这附近街面的楼面又都找遍了，都没有他，他应该就躲在这个院子里。我们走过去。门洞由两个铁栅栏门在中间锁住，右边的门上开着一个小门，我们走进去，来到一个院子里，可是四边的楼面还是不见他。但一种神秘之力牵引着我的双脚不由自主地继续往前，就走过了前面的一座楼，又到了一个院子，往左一看，哈哈，他就在这座楼旁边的楼房墙壁上，正对着我。他戴着礼帽好像正要顺着梯子往上爬。

遥远的 狄康卡近乡

"嘿,小家伙,我找到你了。"

据说,找到这个男孩许愿是非常灵的。纳博科夫在小说《完美》中就说,"扫烟囱的人会给见到他的人带来好运"。我赶紧许愿:"此行肠胃要好,可以大吃牛排和烤鱼,到克里米亚大喝马桑德拉红酒、阿戈尔牌啤酒。"这时,从西面又来了两男一女,一个男的开始为另两位讲着有关小男孩的故事。遗憾,听不懂俄语,但那个女人发出的笑声一听就是十分开心。她还对着小男孩指了好几下。看来,纳博科夫的话还是靠谱的,"女人们碰到他时都会迷信地用手指戳戳他"。

过后几天,在莫斯科多莫杰多沃机场整整被"滞留"近14个小时的无聊期间,我想到过这个小男孩,后悔没在他跟前许愿"此行顺当"。不过想到了他还是令人开心,就拿出那天拍的照片看,有点羡慕他,可以从容地站在梯子上,守着一面墙,任凭风吹雨打,心无挂碍,更不必担心某一天会被移走。他永远都是一个勇敢的爬烟囱的小男孩。这,是无法改变的。

新西伯利亚是重返俄罗斯的最后一站。前一天夜里从克里米亚半岛的辛菲罗波尔飞过来,早上7点多钟落地,将行李寄存机场,我们就坐大巴前往市里开始一日的漫游。

车过一座大桥,桥下一条大河波浪宽,如果它是鄂木河的话,最后将流向北冰洋。车到火车站广场,我们下来开始游走,最先找到了新西伯利亚美术馆,遗憾,它闭馆,错过了很多想看的油画,真是三步一回头地离开的。当寻到那座非常著名的红砖教堂时,我在旁边小广场的椅子上坐下,将特意放在兜里的面包拿出来,掰碎了撒到地上，立刻引来一群鸽子。此时天空阴沉，乌云翻滚，风很凉，但这群鸽子让人感到温暖。这之后，我们走进教堂，里面蜡烛摇曳，有人在无声祷告，静静的氛围里又有一种说不出来的神秘暖意。

离开教堂，来到一处剧院的广场前，就见一个人迎风而立，头抬起，器宇轩昂，两腿岔开，右手插兜，左手放在腰下，身上的大衣被风吹动，展开如帆，此时乱云飞渡，而他岿然不动。再一细看，那光亮的前额，那下巴倔强，那胡子翘着。

这一次，我竟然有了一种熟视无睹的感觉。

>列宁纪念碑，在新西伯利亚（范行军摄）

遥远的 _{狄康卡}
_{近乡}

美的拥抱：在列宾庄园

一

2015年8月的俄罗斯之旅，留下一个很大的遗憾，就是没有看到列宾的《伏尔加河上的纤夫》。还是攻略做得不细，以为会在莫斯科的特列恰柯夫美术馆一饱眼福，失望后寄望于普希金造型艺术博物馆，还没看到，不怕，还有圣彼得堡的冬宫博物馆——穿过"拉斐尔长廊"，看过达·芬奇的《圣母像》，还得小心扒手，在一个个展厅穿梭，始终不见"纤夫"。后来才晓得，这幅画收藏在圣彼得堡国家博物馆，而行程恰恰没有这里。那天在普希金广场，眼看它在绿树掩映的后面，却和普希金纪念碑合影后走进了珠宝店，在琥珀、玛瑙、孔雀石等等的珠珠串串前逗留了一个小时——肠子悔青了——这绝对算一次。

所以，三年后重返俄罗斯，到圣彼得堡的一个重要日程，就是寻访列宾庄园，再看《伏尔加河上的纤夫》。

8月4日，我们一早步行到了干草广场地铁站，坐上2号地铁，到小黑河站，下车看到一座普希金雕像，上前拍了一张照片，就出了地铁口。宁宁已经研究清楚，附近就有通往列宾诺（列宾镇）的大巴，便向看起来应该懂得英语的人询问车站。问到了第三个女孩时，她不懂英语，却从图片上看懂了我们要去的地方，和身边的同伴说了句什么，一挥手，示意跟她们走。我特欣赏俄罗斯人给寻路者指明方向的姿态：果敢，有力，令人坚信不疑。而这次，我更是为找到了同路人而欣喜。她们带领我们走了200多米，然后站住，指着马路对面的车站，用力地比画着。我看明白了，就在那里上车，同时也明白了，两个美丽的女孩不是与我们同路，而是特意过来领路的。我赶紧说"斯巴细巴"，我相信，我的俄语"谢谢"一定很地道了。她们甜甜地笑了，转身向左走去。

我们等了十几分钟，来的不是大巴，211路是中巴。上了车，心情特爽，一个半小时后，就会到列宾庄园了。宁宁负责买票，200卢布一张，不到20元人民币，我把票收好，留作纪念。行前，宁宁与几个在网上认识的当地留学生联系，此行希望得到他们的帮助。答复几乎一样：不懂俄语，出行非常不便，他们能够找到车，费用是200美元。那么，200卢布和200美元相差多少呢？1400元人民币左右吧。我们放弃了年轻同胞的帮助，钱是一方面，还是觉得这次行走俄罗斯，须得自助。就在那天，我们还没预订到雅尔塔和塞瓦斯托波尔的酒店，而从莫斯科到辛菲罗波尔，再从辛菲罗波尔到新西伯利亚的机票，已经买了。这就意味着，日后不确定的事情，多了。

遇魔杀魔吧。

一路畅通。一个多小时后，列宾诺快到了，窗外满眼都是绿色的树林，云彩就不说了吧，还是大朵大朵的，像肥胖而又懒得减肥的天鹅。列宾诺是度假的好地方，我见过一张肖斯塔科维奇

>列宾庄园"著名"的大门（范行军摄）

遥远的 狄康卡 近乡

在这儿的树林里散步的照片，心闲气定。车速很快，担心坐过站，就盯紧路边，直到那个著名的大门出现了。其实，这是一个不大的木栅栏门，三根圆木做了门柱，暗褐色，上面刷成白色的，像是毛笔尖，右边的两个柱子靠得近一些，形成一个一米多宽的小门。小门在竖着的白木板中间，由红蓝褐绿黄白的木板，组合成一个木偶式的小人，据说在当地，木偶放在门上可以辟邪。这时过来一个外国人，聊起来知他是个德国画家，从柏林来朝拜列宾，先看了莫斯科的特列恰柯夫美术馆，再来这里。我们合影，接着我把镜头对准了大门。当年主人健在时，只要家里有人，这个门与别墅的门从不上锁，路过的陌生人走进庄园摇响别墅的手摇铃，就会受到热情的接待。

二

走进庄园，沿着一条铺着小石子的路往里走，立刻被浓密的绿荫覆盖住了，还有悦耳的鸟鸣声，时远时近。1899 年 5 月，列宾买下了这片庄园，取名"别纳特"，意思是"老家"。走了不远，就见前面一处不大的开阔地上，耸立着一座白色的木结构三层小楼，楼上三个三角形的阁楼在阳光下发出耀眼的光。小楼背靠森林，前面和两侧，绿树高耸，花团锦簇。走进别墅往左拐，来到一间不大的木屋，在这里买票，我们是最早的访客了。拿到了票，语言不通又遇到了一个小问题，售票员给我们看一个纸板，说着听不懂的俄语，最后好不容易才搞明白，她

>列宾故居外景（范行军摄）

想确认我们是中国人还是日本人，或是韩国人，好提供语音解说。

　　向右来到第一个展厅，一眼就看到了墙上的那幅画，虽是黑白复制品，我也盯了好一会儿。哦，伏尔加河上的纤夫。旁边是放映室，正播放列宾的纪录片，听不懂，径直来到南边的画家书房。这是一间凸出去的房子，南边和东西两侧都有窗户，白纱窗帘拢起，外面的绿意就做了窗台上一些小雕像的背景。有托尔斯泰不奇怪，列宾在雅斯纳亚·波良纳为作家画了很多速写、油画。还有俄罗斯音乐的拓荒者安东·鲁宾斯坦，他那贝多芬式的发型很拉风。房间中央放着一张大写字台，上面有书、本子、几个镜框，一个雕像人物举着灯泡的台灯造型有力，摆在中间，下面是几张纸，应该是画家的书信吧。房间东边立着画家半身雕像。遗憾的是，一道绳子从东到西地拦着，很多展品不能近观，而且还不许拍照——这太遗憾了！我心不甘。不能拍照留下纪念，太对不起这一趟的千里迢迢了。

　　不行，必须得拍照。

　　情急之下，我冲着馆员大妈，激动地说起汉语："我来自遥远的中国，我是一个作家，我非常敬爱列宾。我和朋友是第二次来到俄罗斯，我希望可以拍到一些珍贵的图片，带回去与朋友们分享。"我比

>列宾故居（范行军摄）

画着拍照的姿势，上前拥抱住她，又对她说："我必须拍照。我要把这里的样子通过照片带回中国。"

她被这突如其来的热情搞蒙了，推开我。但，她笑了。我继续比画拍照的姿势，并再次紧紧地拥抱了她。她笑出声来了。另一个展室大妈在门口看到了这一情形，也笑出声来。这时，大妈开口了，好像是英语"YES"的声音。

>作者与外国友人在列宾画的《托尔斯泰画像》前留影

"乌拉！"这是我发出的欢喜。可以拍照了，心情放松下来，也就不慌不忙。

从书房出来，来到一个像是休息室的地方，再次看到一座白色的托尔斯泰雕像，这雕像便和三年前在雅斯纳亚·波良纳看到的作家肖像画，叠化在一起。1887年8月，列宾第一次造访托翁，他在那里画了几幅速写，同年完成了著名的《托尔斯泰在耕地》，还有《托尔斯泰画像》，都收藏在特列恰柯夫美术馆。我两次站在托翁的画前，第二次还与一个外国人合影留念，当时我走近又离开，来来回回地看，这动作与一个男子一样，我们相视而笑，他的同伴是个漂亮女子，就示意我们站在画前，给我们拍照。她用手机照了两张，又向我伸手要手机，我立刻明白了，调出"相机拍照"递给她，于是就留下了一张美好的回忆。此时，我想起1880年托尔斯泰对列宾说过的一段话，那时，大作家来到列宾在莫斯科的小画室，让画家受宠若惊，"原来是一位蓄灰色美髯，大头，矮壮，穿长长的黑色常礼服的先生来找我"。列宾想不到托尔斯泰会来。两人一见如故,聊了很多,托尔斯泰走的时候,暮色苍茫,"莫斯科已经万家灯火"。托尔斯泰又对列宾说:"庄稼人必须用犁深耕,可是这儿有人挡住他的去路……"这句话,让画家回味许久。1891 年 8 月,列宾再次来到雅斯纳亚·波良纳,他眼里,伟大的作家"已经平民化了"。一出院子,托尔斯泰"马上脱下自制的旧拖鞋,掖在皮腰带里,跣足向前走",之后,"伟大的耕者一直毫无变化,有条不紊地一趟趟走着,不断增加犁沟的数目。……他的脸庞在阳光下因为有汗水而闪闪发亮,带着土的汗水顺凹陷的腮颊一道一道流下来"。

我来到另一个房间,墙上挂着高尔基签名的照片。与作家见面那次,老画家说,他在"别纳特"度过了一生中最美好的时光。这时,一个馆员大妈给我指点一座雕像,我听懂了她的一个单词——维娜——画家的妻子。1882 年,列宾为维娜画了一幅肖像,她依靠在一个沙发上睡着了,神态恬静,姿态惬意,好像在做一个浅浅的、美丽的梦,让人不得不放轻脚步,生怕打扰到她。我在特列恰柯夫美术馆看到这幅画时,就是慢慢地走到画前,屏住呼吸。当时看这幅画时,一个俄罗斯少女猛地出现在我前面,我马上拍下了这个画面。在另一个房间,挂着一幅维拉·列宾的画像——1884 年,列宾为女儿画的《蜻蜓》和 1892 年的《秋天的大花束》,都是肖像画的经典之作,也收藏在特列恰柯夫美术馆。两幅画我都喜欢,而后一幅画家以秋日的芬芳,来烘托女儿的青春生命,并且用淡化的背景,来突出主体。她面色红润,身材健美,手持野花,

>列宾画的妻子《维娜》,收藏在莫斯科特列恰柯夫美术馆(范行军摄)

遥远的 _{狄康卡近乡}

> 列宾画的女儿《秋天的大花束》，收藏
在莫斯科特列恰柯夫美术馆（范行军摄）

显示出了一种优雅、从容的气质。关于维拉·列宾，争议颇多，一方面她为父亲的绘画事业做出了贡献，一生都在父亲身边，尤其是在父亲的晚年，成为庄园重要的管理者，迎来送往，招待亲朋，一人操持很是辛苦。不过也有人说她完全控制了老人……

这时，一个导游带着几个游客过来了，我们赶紧走进餐厅，馆员大妈也就关上门，播放了一段汉语解说：星期三画家是不工作的，好朋友就都过来欢聚一堂，品尝美味，畅饮美酒。这种自助餐式的聚餐受到大家喜欢，就餐时还有好多节目。我一边听一边咽着口水，不知墙壁上的那些知名人物天天听到这解说，该是啥滋味。

三

来到二楼画家的工作室，我的眼睛就不够用了，每一样东西都值得一看，都想伸手去摸一摸。那个大沙发，可以和托尔斯泰故居的著名沙发媲美——当年，很多知名人物就是坐在大沙发上让列宾画像的。我还看到一张珍贵的照片，是画家为著名的男低音歌唱家夏里亚宾画。不说画家的姿态，而是歌唱家摆出的架势，自信、舒适、傲慢，展示了其乐观和顽皮的一面。这幅画，后来成为夏里亚宾墓地纪念碑的"原型"，那白色的大理石雕像在新圣女公墓里，给歌唱家墓地增添了强大的气场。

来到右边的一个角落，这里陈列着列宾收集的哥萨克民族的一些物件，有马刀、长枪、酒袋、挂毯、乐器。一张相框里挂着旗幡似的东西，还有一张镜框里是苏里科夫的史诗性作品《斯捷潘·拉辛》，这幅画描绘了 1667 年斯捷潘·拉辛率领失利的农民起义军向顿河流域撤退途中的情景，色调浓重而顿涩。斯捷潘·拉辛是顿河流域的哥萨克的代表，普希金称他是"俄罗斯历史上最富有诗意的人物"。在这个角落，还有列宾的一幅杰作《查波罗什人复信土耳其苏丹》。为了这幅画，列宾付出了巨大的心血，从 1878 年开始，断断续续画到 1891 年才完成，仅习作与草图就画了几百幅，并多次外出收集素材。列宾说："我是俄罗斯人，不能昧着良心讲话。我爱查波罗什人，他们骁勇彪悍，敢于捍卫自己的自由和保护被压迫的人民……"他为了追求完美，无数次地修改构图，反复调整人物的位置，把一群豪爽的汉子在复信的一刹那，表现得栩栩如生：有人不屑一顾地大笑，有人

>列宾画的《查波罗什人复信土耳其苏丹》，收藏在圣彼得堡国家博物馆（范行军摄）

遥远的 <small>故乡卡近乡</small>

>画中的大衣陈列在画室（范行军摄）

在狡黠地微笑，有人在给执笔的人出谋划策，有人则看着远方，好像在想象土耳其苏丹接到信的情景——就是这背影，一个男人披着的白色大衣，如果在美术馆里看到，很不以为意，但在这里，在画的下面就挂着这件大衣——它告诉我们，画家所画的一切，都来自于真实的世界。列宾说："美与不美是个感受问题，对于我来说，真实就是美。"

离开哥萨克，一幅立在地上的油画一眼就看得出来，是普希金，他站着，把手放到背后拿着礼帽和手杖。还有一个大画盘，极为吸引人，一是大，二是独特，外侧是圆的，里面凸出一块，也是圆的，看我盯着这个宝物不动，馆员大妈指给我看旁边的图片，我一看就明白了，这是画家的一个特殊绘画方式：列宾到了晚年，因为疾病，手臂托不动画盘了，就把它固定在腰上绘画。这件珍贵的遗物上面，是一个老人的画像，我凝视半天，才认出来，是画家自己。一刹那间，我呆住了，这——太平凡的一个老头了。这幅晚年的自画像，眼睛是明亮的，但整个色调，应该是锈红色的，平淡温和，只是棉衣里露出了白色衣领，给画面增添了亮色。我不能不想到画家1878年的自画像，那年他34岁，整个背景都是黑色的，脸孔凸显出来，英气逼人。那头发卷起，自然地垂在额头，挺拔的鼻梁凌厉而下，而双唇闭上，一抹浓密的胡子横亘起来，整个面孔有动有静。唯一的白色，还是雪白的衬衫。再看老人的样子，典型的俄罗

>列宾晚年自画像和特制的画盘（范行军摄）

斯小老头，但也正是这样一个形象，让我一下又看到他的背后——伟大的人物、历史、文化、风俗，还有苦难，还有抗争，还有自由，还有善良和美。

四

离开别墅，到前面的树林里走了走，曲径通幽，高树参天，回头看时，白色的房子在树叶间闪闪发光。二战爆发时，故居的陈列品全被转移到列宁格勒。有一种传闻，1942 年德军曾经越过芬兰湾短暂占领"别纳特"，德军冯·卡登上校在列宾故居没找到一张画，大失所望，但他的士兵并没有毁坏这里。而史料记载，列宾庄园毁于战火，1962 年重建后对外开放。

我们又绕过别墅向后边的森林走去，树林间偶尔会看到三两个游人，一个少年带着一个小男孩在玩，看到两个东方人，盯了几秒钟，又跑远了。林中有很多小路，不知哪一条是画家钟爱的"通往天堂的路"。绘画之余，列宾经常一个人走上这条小路，散步，思考，与鸟对话，看天上白云悠悠飘过。我们看到一个亭子，却废弃了，堆了很多废物，再看指示牌，这里曾是画家与友人休憩的地方。离开这里，一下子走进一个有网球场大小的林中空地，只见周围的大树挺拔伟岸，直插云天，令人目眩。从这里向左走，慢慢走上一个高坡，再往上，看到一棵挺拔的橡树，蓊蓊郁郁，我知道，此刻来到了画家的安息地。三年前在雅斯纳亚·波良纳，我在"世界上最美的墓地"前跪了下来，那是一次文学朝圣，而这一次我单腿跪下，同样也是感恩。还有一种慰藉，我终于来了。在我还是少年时，在一条河边，看到了《伏尔加河上的纤夫》，就梦想着要看到那条大河，看到那幅画，看到那个画家，今日如愿以偿。画家的墓地，也是世界上最美的墓地。

没有雕像，没有墓碑，一个东正教的十字架插在一方土丘上，只有绿草和鲜花环绕，还有树荫。我抬头看了看头顶的树枝——来自那棵橡树——画家说过，他死后希望墓地旁有一棵橡树——如今这棵橡树神奇地伸过来一根枝干，枝干再长出一条条枝杈，枝杈再长出一片片绿叶，像一把绿色的大伞为安息者遮雨挡风，阻拦酷热的阳光。

又是告别的时刻。静静地来，静静地离开。走过白色的别墅，走过幽静的小路，时不时地回头，脚步放得不能再慢了。

列宾。

列宾诺。

1917年十月革命后，这里叫库奥卡拉，被划入芬兰境内，列宾一度与祖国失去联系。后来，苏联政府向画家多次发出了最高级别的归国邀请，他终未能回归。1930年9月29日，列宾在家中辞世，享年86岁。这样的归宿，应该是最好的。他，躺在家里，要比在墓园中更自在，更安静，更能接近自然的美……

>列宾墓地（范行军摄）

遥远的，遥远的狄康卡近乡

一、是故居，不是他的家

2018 年 8 月 8 日，上午，第二次来到新圣女公墓拜谒景仰的那些灵魂。在果戈理墓地，我想着他的小说和剧中的人物，忍不住笑出声来。当年，那些排字工人看了《狄康卡近乡夜话》，估计也是这样笑的。下午，从布尔加科夫故居出来，又到高尔基故居，然后，走过普希金与娜塔莉亚结婚的基督升天大教堂，到前面不远的"圆形喷泉"喝了口泉水，停留了一会儿，感慨了一番娜塔莉亚，便横穿马路，顺着人行道往前走。左边的马路上，车辆不多。天空很蓝，云在远方。我的脚步有些沉重，有些许的累，还有一种莫名其妙的感觉：此刻，要是走向狄康卡近乡，多么好。

>果戈理墓地（范行军摄）

遥远的，遥远的狄康卡近乡——果戈理，要是死在那里，是不是更好？

但，我走着的是尼基塔路。当年，果戈理伏案写得不耐烦了，又没到开饭的时间，便离开书房，来到二楼，与房主闲聊一会儿。如果

>果戈理纪念碑（范行军摄）

房主不在，他会披上西班牙的无袖斗篷，沿着这条路散步。我幻想了与他迎面相撞的样子——可能性不大，他出门时常往右走。

　　一幢黄色的二层楼出现了，然后是一个院子，透过铁栅栏可见里面有一座纪念碑，基座很高，镶嵌着果戈理的俄文名字。果戈理故居到了。但，这里不是他的家。那时，他只要一来莫斯科就客居朋友家里，而这里是塔雷津花园——亚历山大·彼得洛维奇·托尔斯泰伯爵的府邸。

　　走进院子，看着果戈理，他也弯腰看我。在我的印象里，这座雕像最像果戈理了，小眼睛，刀削般的瘦长鼻子，表情沉郁，有些羞涩。他的样子与基座四周的浮雕人物形成鲜明对比，最逗乐的是男人都腆着个肚子，似乎体现了他在信中嘱咐扮演《钦差大臣》中市长角色的演员谢普金的话，有几个人物"必定是要有肚子，而且要有点尖的，像怀孕的女人似的"。

来到故居，第一眼就是一座果戈理半身大理石塑像，但吸引我的是一个玻璃框的植物画。果戈理曾经迷恋过旧植物学，经常翻阅这方面的书籍，但愿这是他画的。黄色的小花很像瓦松，还有弯弯曲曲的草，枝条两侧对称的叶子。地胆草？千屈菜？实在叫不出确切的花草名字来。但这幅画倒是展现了果戈理的可爱一面——难得的一面：

> 果戈理故居的陈列（范行军摄）

> 走上卡卢加大道，果戈理的心情依然很好，对树上的新绿、晴朗的天空、野花的芬芳、乡村所有的美妙之处都赞不绝口。……他不断地让马车停下，跳下马车，穿过大道到田野里去摘一朵花，然后再爬上马车。

这样的回忆在果戈理的同时代人中，是不多见的。果戈理拿着野花，告诉朋友它属于什么科类，它有什么医疗效能，它的拉丁学名叫什么，俄国农民管它叫什么。

> 他把花插在御者座后、自己的面前，过了五分钟，又跑去摘别的花，……并把它插在同样的地方。这样，过了一个多小时，马车便变成了一个黄花、紫花、粉花的花圃了。

倘若果戈理回乡也能为母亲和妹妹们摘来这些花，亲人们该是多么幸福啊。可是，果戈理早就忘了他有多少年没回家乡了。

遥远的 **狄康卡近乡**

1809 年 3 月 19 日，果戈理出生于小俄罗斯（乌克兰）的索罗庆采村——他在《狄康卡近乡夜话》第一篇，就彰显出了故土：《索罗庆采集市》。他自 1836 年夏跑到国外，一走就是 10 年，后来归乡也是短暂停留，大多住在莫斯科的朋友家里。1851 年 4 月 20 日至 5 月 22 日，果戈理最后一次回到家乡，他想写《死魂灵》第二卷，但进展不顺。母亲看出儿子心绪不宁，总是换着房间写作，而一些老邻居们都不敢登门拜访，生怕打搅了大作家。这次回来，果戈理在院子里种了十几棵槭树和白桦树，还在稍远的草地上种了几棵橡树。但愿它们还在，像契诃夫在雅尔塔的房前栽种的那些树，枝繁叶茂。

如果说站在库因奇的《第聂伯河的月色》前，感受到的是河水的宁静、幽深，果戈理在《狄康卡近乡夜话》描绘的第聂伯河，就是悠长再悠长：

> 一眼望过去，你不知道这条雄伟的巨川是在流动着还是静止的，它仿佛整个儿是用玻璃做出的，像一条蓝色的明镜般的道路，宽阔无垠，漫长无尽，在一片绿色世界中向前蜿蜒伸展着。

小俄罗斯如此美丽，也留不住果戈理一心想要离开的脚步。

他向往彼得堡。1827 年 1 月和 6 月，他给一位同学写信，"只要能使人联想到彼得堡美好生活的一切，请你都写给我吧"；"我在想象中已把自己置身于彼得堡的那个窗临涅瓦河的房间了，因为我经常想为自己找到这样一个地方"。

当我在涅瓦大街徜徉时想过，这里要是请艺术家创作一座果戈理雕像，他会是一个什么样子——是失望，是痛苦，还是沉默？但我没想到在海军总部前面的花园里看到他，竟是漠然。也许，彼得堡并不像他想象的那般美好吧。

>作者在果戈理纪念碑前，圣彼得堡海军总部花园

彼得堡不是家。

"一切都是欺骗，一切都是幻影，一切都和表面看到的样子不同。"——《涅瓦大街》最后，他清楚地表明了对首都的态度。

他就像"另一个"乞乞科夫，坐在马车上，四处游走，哪里有床，哪里就是家。

1836 年 4 月 19 日，《钦差大臣》在彼得堡首演，他幻想会得到观众的理解，但观众绝大多数都是上层人物，一开始是零星的傻笑，到最后便是普遍的愤怒，高声叫嚷，"这不是喜剧，是污蔑，是闹剧"。他看出来了，自己这次注定是出了大名了——好多人都在骂他。惹不起还躲不起吗——初夏，他走了。他的出走是没有礼貌的，不说没与普希金打招呼，诗人为了《钦差大臣》的上演四处奔走，连茹科夫斯基[1]他也没告知，这位皇子太傅很是欣赏他的才华，没少在沙皇耳边为他美言。

这次出走让果戈理上瘾了。

---

1. 茹科夫斯基（1783—1852）：俄罗斯 19 世纪初期浪漫主义的代表作家、翻译家，亚历山大二世的老师。

他给朋友写信："也许只有看遍整个儿欧洲才能完全拥抱俄罗斯。"

纳博科夫[1]写有《尼古拉·果戈理》一书，特附传主年谱，佐证前辈尽四海为家，其毒嘴也毫不客气地开喷："从一个地方到另一个地方，始终有点像蝙蝠或者影子一样来来去去……"

1842年3月17日，果戈理给朋友写信，道出一点为何常常客居他乡："我的天性就是包括着只有远离世界才能生动地想象这个世界的才能。所以我只有在罗马才能写俄国。只有在那里，整个俄罗斯才能以它全部伟岸的雄姿呈现在我的面前。"从这个视角再看果戈理，我就非常能够理解《死魂灵》第一部结尾处，那突如其来的著名"抒情"：

> 俄罗斯！俄罗斯！我看见你了，从我那美妙迷人的远方看见你了……为什么飘荡在你山川平原的忧郁的歌声总是在我的耳边回响缭绕？……俄罗斯！你究竟要我怎么样？究竟有什么不可捉摸的联系深藏在你我之间？

二、在乌克兰农舍屋顶上凝思，瞭望世界

一个衣架立在两边房子中间，格外显眼，上面挂着一件黑色的大衣、黑色的斗篷、黑色的礼帽——果戈理一身这样的打扮，应该就是那天傍晚在阿尔巴特街的街头看到的，暮色四合，街灯都亮了，他站着，背景的天空还是蓝的。我为匆匆与他挥手告别有些内疚。他的服饰是时尚，还是绅士，不想考证了，但感觉中的果戈理的样子，就是他笔下的那些典型的地主形象。

在文学评论家阿克萨科夫眼里，果戈理出名后完全是另一副样子

---

1. 纳博科夫（1899—1977）：俄裔美籍著名作家，生于圣彼得堡，代表作有《微暗的火》《洛丽塔》等。

了："剪得整整齐齐的鬓角、刮得干干净净的上唇和下巴、浆洗得硬邦邦的高衣领使他的脸完全变了形：我们觉得他身上有一股乌克兰佬的狡猾味道。"这是 1832 年，到了 1839 年，果戈理从意大利回国，名声日隆。阿克萨科夫看到："果戈理穿了一身怪里怪气的衣服站在我面前：一双长过膝盖的俄国毛袜代替了皮靴；法兰绒坎肩上套了一件天鹅绒短上衣代替常礼服，脖子上围着一条五颜六色的大围巾；头上戴着一顶绣金的天鹅绒的紫红女帽……"

想起这些，我不能不笑，阿克萨科夫的描述绝对参考了果戈理对地主普柳什金的描写手法——那件衣服实在不伦不类，很像是女人的睡袍，头上戴着一顶乡下女仆戴的小圆帽……

这时，我看到墙上挂着一幅画，是版画：果戈理，宽亮的额头，头发分披两侧，由于齐耳，形同妇人，如果没有一条铁锚似的长鼻子下的那道黑黑的胡子。

说起果戈理的相貌，一位敖德萨的演员有着经典的刻画，最后一句最为传神：

> 绸子般的发乌的细髭须，微微遮住美丽的厚嘴唇，嘴唇下面留着一小撮尖胡子。棕褐色的小眼睛和蔼地望着，但流露出警觉的神情，就连他讲到快活可笑的事时，眼睛也不笑。一根瘦长的鼻子赋予这张脸，赋予鼻子两旁的这双警觉的眼睛，某种鸟雀般的，时刻观察的，同时又宽厚而傲慢的神情。单脚立地，在乌克兰农舍屋顶上凝思，瞭望世界。

三、"乞乞科夫"时常附体在果戈理的身上

果戈理的各种形象，抑或说是怪态，很多时候都与他被宠坏了

遥远的 铁康卡
近乡

>果戈理雕像，在果戈理故居（范行军摄）

有关。成名后，他接待朋友时像个君王，接待成了接见。他编出各种理由拒绝朋友的约见，有人毫不客气地说，"他一生都是编造各种荒唐借口的能手"。

这座故居博物馆大门外的墙上，果戈理侧身浮雕下，是他客居于此的时间：1848—1852。1848年，这时，普希金已经走了11年，屠格涅夫刚刚三十而立，托尔斯泰20岁，还嫩。俄罗斯文坛，是属于果戈理的时代。

阿克萨科夫一家都对果戈理崇拜得五体投地，当他要大驾光临了，这一天简直就是节日。再看作家，把周围人对他的毕恭毕敬，看作是理所当然的。他清楚大家期待他的朗诵，却躺在沙发上，脑袋下垂，眼睛也闭上了，不知是真的打盹还是装的。当他在大家的央求下真想朗诵了，又伸起懒腰，打了好几个嗝，读完了第一章，又显得疲倦了，但小眼睛还是环视了一下听众，获得一种心理满足。因为大家都听呆了，赞美他是天才。

1851年，他去了一趟敖德萨，一些人见他如见圣人，身子打战，头发晕，把他试戴过的帽子都用玻璃罩罩起来，供在商店最高的一层柜台上。

我年轻时读到一本小册子《果戈理是如何写作的》，惊得我目瞪口呆。鲁迅都推崇的果戈理会是这个样子吗——魏列萨耶夫说：

　　我们伟大的讽刺作家在私生活中的表现，竟同他抛掷到世界上永远供人嘲笑的乞乞科夫、赫列斯塔科夫、诺兹德廖夫、玛尼洛夫一模一样。果戈理处理自己事物的时候正像乞乞科夫那样不择手段，吹牛像赫列斯塔科夫那样忘乎所以，漫天撒谎同诺兹德廖夫如出一辙，构筑空中阁楼时候的那份天真劲儿，活脱儿就是玛尼洛夫。

但我还是慢慢地接受了他丑陋的一面。

果戈理永远是个食客，住在朋友和崇拜者家里，从来分文不付。这很容易令人联想到《死魂灵》第二部一开始，乞乞科夫跑到地主坚捷特尼科夫家里，骗取信任，连吃带喝，连两个仆人都吃胖了，不爱走了——估计果戈理写到这里，会偷偷笑的吧——多像我自己呀。

唉，既然大家一致认为，"乞乞科夫依然奔波在俄罗斯大道上"，果戈理身上残留着他的一些习惯，又有什么大惊小怪呢。

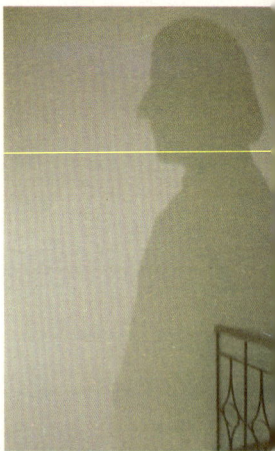

> 果戈理雕像的影子，在果戈理故居
（范行军摄）

四、所有作品就是我本人的一部心灵史

这里不是果戈理的家，所以不像高尔基故居，也不像布尔加科夫故居，陈列丰富。东西少，我看得很慢，也很认真。一间房间里靠墙摆了两个长沙发，墙角放了一个方柜，上面是一个烛台，两面墙上的画都是镶框挂着，应该是真品。沙发对面是一个四方台子，上面是玻璃框，里面有一张地图，几本翻开的书，还有一个黑色笔记本。

我走进的是会客厅吗？我不能不想到屠格涅夫来这里的情形。

屠格涅夫[1]对这位前辈，下笔毫不客气。那是1851年10月的一

1.屠格涅夫（1818—1883）：俄罗斯著名作家，代表作有《猎人笔记》《罗亭》《贵族之家》《父与子》等。

天，下午 1 点，他和朋友准时来到塔雷津花园。在他眼里，"果戈理那略微平直的白皙的前额依然能给人一种智慧的印象。……但总的说来他的眼神显得很疲惫。又长又尖的鼻子赋予果戈理的面孔几分狡猾的、狐狸般的味道；剪短的髭须的下面浮肿的柔软的嘴唇也给人不良的印象——总之，是个多么聪明、古怪、病态的人啊"。交谈起来，晚辈对前辈还是恭敬的，但果戈理很快就开始了说教，拿出《与友人书简》的腔调，屠格涅夫一下子就感觉出来了："那股平庸的霉味就是从这里散发出来的。……我们所仇恨的不是一回事，所热爱的也不是一回事。"但他还是"怀着崇敬的心情听他讲话"，虽然认为《与友人书简》是"臭名昭著"，也清楚地看出，果戈理由于这本书的彻底失败，在他心上"留下了无法医治的创伤"。

其实，《与友人书简》出版后，果戈理已经意识到惹祸了。但他嘴硬，或者干脆沉默，其实，他如果把内心的真实想法公之于众，对他开火的势头就会减弱的。1847 年 3 月他给茹科夫斯基写信，承认了过失：

> 我的书的出版好像是对人家打了一记耳光：给公众一记耳光，给我的朋友一记耳光，但是最厉害的一记耳光是打在我自己脸上的。书出版后，我仿佛是大梦初醒，感到自己好像是做错了事的小学生，出乎意料地干了许多淘气的事。我在书中竟像赫列斯塔科夫似的大显派头，我都没有勇气看它一眼了。然而这本书从今天起将永远像一面镜子似的放在我的书桌上，经常看看，以照进自己的各种丑陋，以后少犯错误。

这时，馆员大妈让我停下脚步，然后把灯闭了，于是壁炉里"显示"出了火光，还有木材烧着的噼啪噼啪声，还原了这里举办朗读会

>果戈理在朗读（范行军摄）

的时刻。我也就在黑暗中幻想了自己就在1851年10月的一天，在现场。那天，果戈理为演员们朗读《钦差大臣》，屠格涅夫也在。果戈理朗诵得妙极了。遗憾的是一些演员没有应邀出席，他们不想被作家"教训"，女演员一个也没来——灯亮了，我看到墙上挂着一幅画，正是果戈理眉飞色舞在朗诵，周围是一些崇拜者。这个时候，他是快乐的吧。

我有些同情他，因为留给他快乐的日子并不多了。

一个书架告诉我，我到了书房。书架里的书不多。右边是一个画架，上面放着一幅画，天使在飞，下面是一些凡人，好像在企盼天使的到来。画架旁边又是一个用玻璃罩住的展柜，里面有一支雪白的鹅毛笔插在墨水瓶里——果戈理从小就喜欢搜集各种无用的小玩意，墨水瓶、小花瓶、吸墨器等等。这个墨水瓶让我想起从中学时代就记住的"守财奴普柳希金"，捡到那么多奇奇怪怪而又扔在家里不用的东西。展柜里还有一本摊开至扉页的书，希望是《狄康卡近乡夜话》。还能看到两张勾勾画画的文稿，上面是一幅普希金的画像，我猜是普希金的手迹。

我在书房里转悠着，凭着记忆回想，这里应该有一个斜面小桌，摆着几本书和几个笔记本。"在绿呢的斜面上摊着一摞稿纸，上面写着密密麻麻的小字，改得乱七八糟。也许这就是《死魂灵》的第二卷"，他的一位朋友说。这时，我仿佛又听到果戈理的声音："对啦……有时

遥远的 狄康卡
近乡

写一点。可是毫无进展，有的字得用钳子往外夹。"在这间书房，他有时会读一本旧植物学。

他在这里没有留下太多卓越的文字。但他有一部《死魂灵》就够了。其实，他的《与友人书简》中那些谈论文学和艺术的篇章，并不是屠格涅夫说的"臭名昭著"，尤其是针对《死魂灵》的四封信，深刻剖析了作家自己和人物：

> 我的主人公之所以合乎人的心意，是因为他们来自心灵；我最近写的所有作品就是我本人的一部心灵史。……有一个不同寻常的内心事件让我想到了我要把自己的缺点转到自己的主人公身上。这个事件究竟是怎样的，你就不必知道了：如果我认为这点对某人有好处，我大概就会告诉他的。从那个时候起，除了我的主人公有自己的种种缺点，我开始把个人的一些恶习加到他们身上。

但，正如梅列日科夫斯基[1]在《果戈理与鬼》中说，乞乞科夫和那些地主们的身上除了有着果戈理"本人的特征外，甚至还有我的许多朋友的特征，也有你的特征"。

1844 年 4 月初，果戈理在一封信中说："如果您要在自己身上寻找什么卑劣的东西，那么为此也无须惭愧，倒是应该感谢上帝，因为卑劣的东西我们身上都有。"这是自我检讨，还是解脱，抑或是放纵——只有果戈理自己知道。因为他非常清醒，否则不会这样描写地主诺兹德廖夫——还长久不会从这个世界上销踪灭迹。他到处存在于我们中间，也许不过穿着另外一件褂子罢了。

那么，果戈理如愿了吗："让所有人对我的主人公和对他们的卑鄙

---

1. 梅列日科夫斯基（1865—1941）：俄罗斯著名诗人、小说家、批评家。

产生一种厌恶，它从我身上驱走了某种我所需要的忧愁。"

五、黑暗中唯一的光亮就是从死亡那里发出来的

这里可看的东西实在不多，我就再次盯着那支鹅毛笔。我赌果戈理用他写过《死魂灵》和《外套》，作为灵感的吉祥物，视为珍宝。可是，万一他用它也写了《与友人书简》呢？我盯着鹅毛笔的样子引起馆员大妈的警惕，她过来在我旁边晃了一下。

>果戈理用过的鹅毛笔（范行军摄）   >果戈理故居（范行军摄）

我离开鹅毛笔，来到另一个房间。一个小桌上放着一个座钟，时针指向 8 点钟——这是果戈理去世的时间。果戈理的去世与火联系在一起——那火烧毁了他的文稿、他的《死魂灵》第二卷。

果戈理烧稿已成经典：一个伟大作家对作品的认真态度。

法国诗人贝朗瑞就说："没有任何东西比勇敢地投入壁炉中的手稿的火焰更能透视出一个作家的心灵了。"

对果戈理予以批评的魏列萨耶夫也说："果戈理的全部创作生涯都

遥远的 狄康卡
近乡

被这种崇高的火焰所照亮。"

我在果戈理的这句话下画上重点号，那是他第一次烧毁《死魂灵》的第二部：

> 不死岂能复生……为了复生，需要先死。……当火焰刚刚吞噬了我的书的最后几页的时候，它的内容便突然以净化和光明的形式重现出来，就像从篝火中飞出的不死鸟，于是我猛地看到，我先前认为已经完整与和谐的东西竟是多么杂乱无章啊！

所以，我不能不接受这样的观点："果戈理因为不满意自己的作品，烧毁了《死魂灵》的第二部。"而纳博科夫的看法又为这个观点做了深刻的脚注："蹲在炉子面前啜泣的时候，是一个艺术家在销毁多年的劳动成果，因为最终他认识到已经完成的书并不忠于他的才华。"

但是，果戈理对房主托尔斯泰伯爵说的话，又不能不让人产生怀疑。他指给前来的托尔斯泰看那些即将烧尽的文稿说：

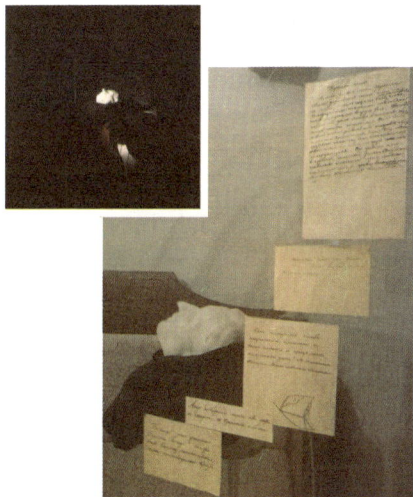

> 这就是我干的事！本想只烧掉一些早准备烧掉的东西，结果却把所有东西都烧了。魔鬼是多么强大呀！这就是他让我干的事……

那么这个魔鬼长得什么样，竟然如此强大？

关于果戈理焚稿，就这

>果戈理石膏面容（范行军摄）

样在我的怀疑里多了一种可能。但哪种可能都无法挽回那些文字了。我看着瓷砖壁炉，在他去世后的第二天，那里还堆满了手稿的灰烬。我希望那灰烬还在。我相信那灰烬并没有冷却。

我在这间房子里走着，走到了一个作家生命的尽头。我要慢点走。我要多看看。于是，在一个玻璃墙的后面，看到了果戈理的石膏面型。它那么平静地展示在那里，展示着生命的结束。果戈理去世后，他的朋友马扎诺夫很快就赶过来了，做了石膏面型。这时，馆员大妈请我们坐到靠墙的椅子上，关上两边的门，又关了灯。黑暗中，只有石膏面型亮着，那么洁白，像一枚洁白的贝壳浮现在漆黑的海面。这个过程很短，灯亮了时，我突然感到方才的黑暗是那么宝贵。我连比画带说，想再看一次。这次，她让我们站在房间中央，看着右边的镜子。屋里再次黑暗下来，石膏面型出现在了镜子里。那一时刻，黑暗中唯一的光亮就是从死亡那里发出来的。

我努力回忆着屠格涅夫的话：

> 死亡具有净化与和解的力量；诽谤与嫉妒，仇恨与争执——所有这一切都将在最普通的坟墓前缄默：它们也将在果戈理的坟墓前缄默。无论历史最终将赋予他什么样的地位，我们深信没有人会拒绝跟我们一起再说一遍：愿他安息，他将永远不会被人遗忘，他的名字将永世流芳。

于是，我的眼前也就又幻化出新圣女公墓的那座巨大的石头墓碑，还有鲜花，还有正在来的那些脚步。

此刻，黑暗中，果戈理的话隐约响起："文学几乎占据了我整个的生命，我的主要罪孽就在于此。"这同时还有一个声音，那就是："恕你无罪。"这来自千千万万的后世者的阅读。

六、那男人给自己的儿子取名叫：果戈理

在二楼。这里是个阅览室，有人在看书，有人在电脑上查阅。很安静。我退出来，转身来到一个阳台上，这时天空已有了一些玫瑰红的晚霞。我看着前面的树叶，想从茂密的枝杈间看到果戈理。——他不像我在下面仰视的时候那么忧郁了，在低头沉思，又仿佛觉得有点冷。

他是孤独的。我想。

不，他不孤独。

我以为，契诃夫《吻》中那神秘一吻，来自《死魂灵》中乞乞科夫收到的那封神秘的信，布尔加科夫的玛格丽特在莫斯科上空飞翔，是《狄康卡近乡夜话》里妖怪飞往彼得堡的继续，而鲁迅的《狂人日记》连题目都是从他这里拿走的，更别说他的《外套》样式至今还穿在很多人的身上了。

走出故居，绕着纪念碑又转了一圈，然后坐到椅子上休息，这时我看到一个男孩和一个女孩在楼前一个书形的展台上玩，走过去把镜头对准他们，两人立刻扮酷，样子可爱极了。宁宁也过来了，我给他们合影。两个孩子很开心，小男孩还伸出大拇指。我抬头看了一眼果戈理，依稀记得梅列日科夫斯基的话："一般来讲孩子们比大人们更喜欢果

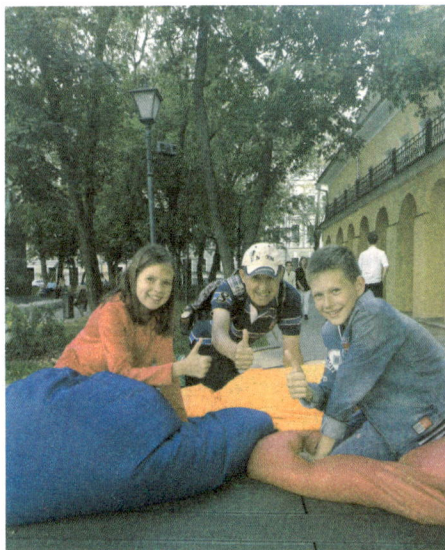

>孔宁与俄罗斯小朋友在果戈理故居前（范行军摄）

戈理。和孩子们在一起他忘记了基督教。但谁知道，是否正在此时他比任何时候都离基督更近，跳舞的果戈理比哭泣的果戈理离基督更近呢？如果他知道这一点，那他就得救了。"

但，不得不说，纪念碑太高了点，果戈理在上面过于心思凝重了。他这人胆小，怕虫子，如果我把树枝上的一条虫子拿到他眼前，他要是大叫着跑下来，那就好玩了。

离开这里，走在尼基塔街上，也是走在 1852 年 3 月 4 日之后的那两天，这里无法通行，成千上万的人过来与他道别，希望最后看上作家一眼。

一年后，我在北京东四十条桥东一幢红砖老楼的房子里，翻开小说《同名人》，那男人给自己的儿子取名叫：果戈理。

>果戈理纪念碑（范行军摄）

离别，仿佛就是我的居住之所

一、鲍里索格列布巷6号

我以为读得不认真，错过了。

但不是。茨维塔耶娃就是没写——鲍里索格列布巷6号。

她，10岁前，是在莫斯科三塘胡同老宅和卡卢加省塔鲁萨市附近奥卡河上的孤零零的沙丘别墅度过的。1940年1月，她，48岁，写了一篇个人小传，清楚地记得父亲说过的那处老房子，"我一辈子过着格调高尚的生活！而且自己已经单独居住惯了。我的所有的孩子都是在这座房子里出生的。……自己种了白杨树"。然后，她写的是，"从革命初期到1922年，居住在莫斯科"。

茨维塔耶娃回忆过往，历历在目，却对在1914—1922年住了8年的鲍里索格列布巷6号，只字未提。

我确信，她不是忘了，而是不愿再提起。因为饥寒交迫，因为离别，因为情爱无法安居于此，因为1939年在国外漂泊了17年，再回来，这里不是家。也许，她早就看清了：

你经过自己的家，

你的家在夜晚已经走样！

那天早上到瓦甘科夫公墓，细雨蒙蒙中，看叶赛宁，看加莉娅，看特罗皮宁，看萨夫拉索夫……出来时，雨越下越大，走走躲躲，到地铁口时脸上都是水，T恤、裤脚和鞋，都湿了。想着衣服干一干再走，地铁口的冷风又大，就一身湿漉漉地上了地铁，有座也只好站着。出来时，阳光明朗，天空甚蓝，白云朵朵，走着走着，头发干了，衣服也不知不觉地干爽了。那就快些走吧，一路寻着鲍里索格列布巷。感觉快到了，才发现这巷子很宽，不是习惯中巷子的那种狭窄，相当于路。路宽却少有车，人也少，太静了。下过的雨在有的路面凹处，倒映着旁边的树和房子。房子都不高，很多墙面刷成了淡黄和乳白相间，像面包和奶油。她的故居又会什么样呢？眼睛盯着两侧楼房，只要看到"6"，就是到达目的地了。但我先是看到了路右边的一座雕像，确定了鲍里索格列布巷6号，到了。

到了，她不愿回首的地方，再想她的诗，冷峻里透着悲凉："如果灵魂生来就有翅膀/它不需豪宅，也不需草房！"

>作者在茨维塔耶娃纪念碑前

树围绕着她。她坐着，双肘放在一根石柱上，小手臂上举，让头靠在手上，表情凝重，眼睛，似乎看着地面。她的女儿阿莉娅看到母亲这个样子，一定会反对的。在女儿眼里："妈妈的眼睛没有一丁点灰色，眼珠碧绿澄澈明亮，像醋栗，又像葡萄，眼珠的颜色始终没有变化，从来也没有变得灰暗。"

站在她身旁，我看着前面的鲍里索格列布巷6号，也是黄白相间的楼房，外观极为普通，房前没有了树。我突然觉得，她与这处房子间的距离，不是眼睛看到的这样近，而是看不到的岁月的遥远。同时，也似乎理解了，她——她的雕像，为什么没在故居的楼下——这是艺术的——分离，对应了她在这里的命运。

她认同这样的安排吗？

我转过身看着她。她，嘴唇紧闭。她不是无话可说，而是不想说。

离开她，我走进前面的这幢楼。

> 朋友！别再找我！换了时尚！
> 连老人们也已把我遗弃。
> 无法亲吻！我从忘川的水中
> 伸出两只手臂。

我想轻轻地对她说：《给一百年后的你》，不，一百年太久，他们终会来的，而我已经来了。

这里于诗人去世半个世纪后的1992年对参观者开放。我不来，不少我一个；我来，多的是给予我的时间的礼物。

从外面看，这座不大的二层楼房，规规矩矩，显得严谨，可是里面设计得却是非常的复杂而又奇特，算得上是个离奇户型。

>茨维塔耶娃故居外景

走上楼梯，将所有房间走一遍，会发现天花板的高度不同，门和窗也不是正儿八经的东南西北，屋角随时变化，如用一首抒情诗来形容：整体和谐，思绪多变，且不押韵。这处具有艺术感的房子，在不守规矩、变化无常中，又能维护和守持一种平衡，倒也符合诗人的性格。

二、母亲自己便是抒情诗的种子

进来就看到餐厅。这里布置得很典雅。圆桌，围椅，一个大的三层餐具柜，很别致，里面摆放着玻璃和陶瓷器皿。象牙色瓷砖镶嵌的壁炉上，左右各立一个古希腊风格的花瓶，中间玻璃盘雕花精美。墙上挂着一个玻璃相框，里面的男人正像茨维塔耶娃说的，"我们家里的人都是大脑袋"，这是她的父亲。伊万·弗拉基米罗维奇·茨维塔耶夫的最大功绩，就是为俄罗斯留下了一座宏伟的亚历山大三世艺术博物馆，如今的普希金造型艺术博物馆。三年前我刚走进去时未感到它的壮观，当迈上了几十个台阶后，往两边一看，立时傻眼了，那些高大

>茨维塔耶娃故居（范行军摄）

的雕像瞬间使得整个建筑雄伟宏阔，人倒渺小起来。此刻，它的总设计者留着白色胡子，穿着长礼服，神情严肃。博物馆揭幕仪式之前，他被授予"荣誉监护人"，礼服要用真金来缝制，他就直嘟囔，"想起来都可怕，这黄金要用多少钱呢"。他为博物馆殚精竭虑，省吃俭用，妻子夫唱妇随，难怪女儿有些抱怨，"她那临死前的目光看见的不单是我们两姊妹的成长"，母亲直到最后一秒钟还想着博物馆。

>茨维塔耶娃故居（范行军摄）　　　　　>茨维塔耶娃和埃夫隆结婚照

　　这里还有一个八角小桌，上面放着茨维塔耶娃和埃夫隆的结婚照，新娘要比新郎成熟一些。两人相爱时她18岁，他17岁，等他满了18岁，两人就结婚了，那是1912年1月，9月她做了母亲，大女儿阿莉娅出生。双喜临门，这一年她出版了第二部诗集《神灯集》。她的第一部诗集在两年前出版，《黄昏纪念册》得到勃留索夫、古米廖夫、沃罗申等著名诗人的称道。在一面白色展台上，一座普希金石膏像很容易令人想起她的《我的普希金》："那个永远用双肩擎着朝霞和暴风雪，无论是我到来还是离去，无论是我跑开还是跑来，手中永远拿着一顶礼帽屹立着的人。"

看到这些，眼前却总是她离开时的样子：柜子空了，地板上全是
碎纸片，墙角堆着碎玻璃和书与杂志，还有饥寒交迫时，她把精美的
家具砍了，当木头扔进壁炉。在这样的火光中，她写诗：

> 泪珠掉落的地方，
> 明天会有玫瑰开放。
> 我编织了花边，
> 明天将要编织渔网。
>
> 整个天空是我的海洋，
> 整个大地是我的海洋。
> 这不是普通的渔具，
> 它是我歌唱的渔网！

离开餐厅往里走，穿堂放着一架大钢琴。母亲留给她的钢琴，在
1920年换了一袋黑麦面粉，难道这架钢琴后来又完璧归赵了？如果这

>茨维塔耶娃故居的钢琴（范行军摄）

里不放钢琴，而是在地上画出钢琴，更能唤起记忆。复原，未必就好，有时空空荡荡，更能体现时间曾在这里存留。钢琴旁边的两面墙上分别挂了相框，一个是贝多芬，一个是她的母亲。玛丽娅·亚历山德罗夫娜·梅因，很想头胎生个儿子，看到是女儿，叹了口气："至少将来是个女音乐家。"这位母亲是尼古拉·鲁宾斯坦的学生，一个狂热的音乐家，她把女儿的

童年捆绑到钢琴凳上，但女儿却不是吃这碗饭的，"一按键，立刻就按出来眼泪"。女音乐家在 1906 年去世后，女儿"就不再弹琴了"。时隔多年，女诗人回忆母亲，"我对诗歌的热爱来自母亲"。她无法忘记，在她小的时候，"母亲经常朗诵和演奏音乐"。在她看来"母亲自己便是抒情诗的种子"。

她 6 岁开始写诗。

三、我从不遵从戒律

穿堂没有窗户，它连接着餐厅、婴儿室和女主人的房间。

她的房间不大，却是卧室兼书房，一张宽阔的写字桌是父亲送的，上面放着父母的合影，还有一张丈夫的照片。写字桌后面的墙上挂着一幅拿破仑的小幅画像，上头还有一幅年轻女子的黑白照片，镶嵌在外方内圆的木框里。桌子对面是个窗户，冲着院子，窗台很宽，摆了一个绿色花瓶。房角立着的柜子里有一些法语和德语书。靠近门这边，放着一张床，床头上方挂着埃夫隆的油画，床的右边墙上是一幅圣女画像。这个房间多角、有棱，很不规则，或者说很不"规矩"，非常契合女主人的脾气。

茨维塔耶娃和埃夫隆 1914 年秋天搬入新居，可就在 10 月，她就与女诗人索菲娅·帕尔诺克离家出走了。帕尔诺克天生就倾向萨福之恋，有着灰色的大眼睛，目光沉郁，反射着内心的忧伤。茨维塔耶娃比她小 7 岁，一见到她就被震慑住了，迷恋是情不自

>茨维塔耶娃的写字桌（范行军摄）

禁的。埃夫隆被妻子的大胆出轨气得够呛，一怒之下跑去当兵。她直到次年 5 月才回家，结束了这段"燎人的情欲"。9 月，她写了一首诗：

> 我从不遵从戒律，从不去做弥撒，
>
> ——直到赞美诗响起而我化为灰烬。
>
> 我将继续堕落——我就是罪孽本身——
>
> 带着上帝赋予的五种感觉：带着激情！

茨维塔耶娃一旦爱上，就毫不犹豫，就奋不顾身："我们曾是那么不忠诚 / 但那却意味着 / 我们是那么忠诚于自己！"

她的确做到了"忠诚于自己"的所思所想，蔑视"戒律"。

她对爱情的认识过于早熟了。母亲带她看歌剧，问她喜欢哪场，她说，"达吉雅娜和奥涅金"。母亲根本无法理解，6 岁的女孩竟然看懂了普希金的爱情戏。但女儿一再肯定，就是喜欢"达吉雅娜和奥涅金"。多年过去，她还确定："喜爱的一切都是 7 岁以前就喜爱的，此后再也没有喜爱过什么。"

她"喜爱"爱情。在鲍里索格列布巷 6 号，一开始她与埃夫隆就聚少离多，更别说后来长达 4 年的别离。在这里，她很长时间一个人带着两个女儿——后来小女儿死了——面对饥饿、严寒，但情欲一直野蛮生长。

她"喜爱"成熟男人，也迷恋青年才俊。朗恩，24 岁的诗人，1919 年末，在她最孤独时来到莫斯科，与其说客居她家，不如说她收留了他。这段恋情来去匆匆，两个星期后，他走了，留下她魂不守舍。此刻，我站在写字桌前，看着窗外，无法想象她竟能立马做到一刀两断："我保证：金色小鸟 / 再不会撞进你的窗棂！"她给他写信："我已经逐渐习惯了没有您陪伴的日子。"

>茨维塔耶娃在法国巴黎

也许，就像流亡国外那些年发生的恋情，茨维塔耶娃早就有着清醒的认识："……我不是爱上了奥涅金，而是奥涅金和达吉雅娜，是他们两个人一起，是爱情。"哦，她"是爱情"。从 6 岁开始，"无论是当时，还是后来，我从来都不喜欢接吻，我总是喜欢离别"。

情欲旺盛，火光熊熊，之后，冷却的，是灰。可是，我有更多的理由相信她在诗中所言："我们知道另一种炽热"，而"生命有更伟大的眷顾已够了 / 比起那些爱的功勋和疯狂的激情"。

这一次，她说的是灵感，是诗。

1921 年她在笔记本上写道："对于我来说，诗歌就是家……"

如是，她终要"回家"的。

四、没有人比我更温情更坚毅

我再次遗憾自己不懂俄语。懂的话，就可以读一段压在写字桌玻璃下的诗了。她的手迹，工工整整，"横"都很重。

1916 年，她在这里先是写下了动人的爱的诗篇。

年初，曼德尔施塔姆两次来到莫斯科，对于这位命运多舛的诗人，她在 15 年后的《一首献诗的经过》中这样回忆："眼睛低垂着，而脑袋却高昂着。"在她看来，他为诗而存在："不写诗，在世上就坐也不成，走也不成——活着也不成。"她一直否认与曼德尔施塔姆产生过恋情，但情诗却留了下来，不，是流传了下来。第一次分别，她看着他渐行渐远：

> 我在您身后看着您，
> 没有人比我更温情，更坚毅……
> 我吻您，远隔
> 分离我们的数百公里。

最令人动情的，是肖斯塔科维奇后来为之谱曲的这首：

> 这样的柔情是从哪儿来的？
> 这样的鬈发我也不是
> 第一次抚摸到，我吻过的
> 嘴唇也比你的更深暗。

如果说 1915 年是属于马雅可夫斯基的，因为《穿裤子的云》；1916 年无疑属于茨维塔耶娃，这一年，她创作了一组《莫斯科诗抄》，又为勃洛克和阿赫玛托娃写了两组多首的献诗，都成为经典。1922 年《里程碑》再版，作品的三分之二来自这一年。当帕斯捷尔纳克读到《里程碑》时，深深地懊悔不曾与她深入地接触，致信于她表达了崇高的敬意，"亲爱的、可贵的、无与伦比的诗人"，同年 12 月，茨维塔耶娃又写了一首抒情诗，格外动人：

遥远的 狄康卡
近乡

我愿和你一起生活

　　在某个小镇，

　　在一个漫长无尽的黄昏

　　和不绝如缕的钟声中……

　　在这个小房间里转来转去，我有一种莫大的陶醉与满足，经历着她的1916，经历着她的诗歌创作进入一个新的阶段：那个大胆的抒情女主人公，歌唱自我，歌唱自己的忧伤和痛苦，歌唱自己的爱情。

>茨维塔耶娃纪念雕像，俄罗斯塔鲁萨市

　　转来转去，必须小心地板上一张完整的狼皮。狼皮出现在此并不令人吃惊。"我天生喜爱狼，而不喜爱小羊羔"，她在《我的普希金》

中说，"提到狼，我便联想到带路人。……把小羊羔拽到黑魆魆的森林里去的狼，是值得爱的"。这匹狼，她指的是农民起义领袖普加乔夫[1]。她在 1920 年写有一首《狼》，更像一首情歌：

> 用里程消灭里程吧，
> 把里程还给里程！
> 我抚摸你的皮毛，
> 你在思念你的思念！
> ……
> 别了，白发的狼皮！
> 我不会在梦里忆起！
> 会有新的女傻瓜，
> 她相信狼的白发。

五、我不会出卖你

我来到育婴室。这是这个家里最大的房间了，有 40 平方米吧，光线充足，却也显得空荡荡的。沿着墙摆有儿童床、木马，高的书柜里放着诗人的书，都是精装，很厚，墙角立着的木柜子上放着一个狐狸标本，这些都不足以让这里充实、温暖。最困难时期这里冷冰冰的，与她想象的自己的孩子可以在这里看书、玩耍相差十万八千里。1917 年 4 月的一天，茨维塔耶娃的小女儿伊丽娜在医院出生，她给阿莉娅写信："你的妹妹伊丽娜是仙鹤给我叼来的。"但在 1919 年 11 月末，

---

1. 普加乔夫（1742—1775）：俄罗斯农民起义领袖，生于顿河沿岸的一个贫穷的哥萨克家庭。1773 年，普加乔夫聚集了 80 名哥萨克人发动起义，揭开俄罗斯历史上一场反对农奴制压迫的农民战争序幕。起义队伍不断壮大，最多时达到 10 万人。起义最后失败，1775 年普加乔夫被叶卡捷琳娜二世处死。

遥远的 茨维塔
近乡

>孩子的房间（范行军摄）

她犯了一个无法原谅的错误，听了旁人的建议，把小女儿送进保育院。结果，来年2月，小女儿就死了。这次骨肉分离，除了悲伤，还有悔恨。她分辨不清，送走小女儿是以为保育院能让孩子活下来，还是家里的土豆只够养活大女儿。为了阿莉娅，她给两位朋友写信恳请能收留女儿，哪怕睡在走廊或者厨房，而她自己"再也不敢一个人住在鲍里索格列布的房子里了，我怕自己在那里上吊"。

我又来到顶层。这里有两个房间，其中一间是埃夫隆的卧室，次维塔耶娃称这个房间为"顶层宫殿"。一进来，就见左边靠墙立着一个四层却很高的书架，玻璃罩里面放着一些精装书。挨着书架是一个长方桌，两边各一把椅子，桌的上方墙上挂着四个相框，里面是人物的铜版画，我认出了两个人，一个是库图佐夫[1]，一个是塞瓦斯托波尔军港总指挥纳西莫夫将军。这几张画体现出一些男主人的兴趣。一个三层的格子架，

>埃夫隆卧室（范行军摄）

1.库图佐夫（1745—1813）：俄罗斯帝国元帅、军事家、外交家。1811年至1812年率军结束第七次俄国与土耳其战争。1812年，法国皇帝拿破仑发动对俄战争，库图佐夫晋升陆军元帅，重任俄军总司令，他成功地制定了"焦土战术"，主动放弃莫斯科，诱敌深入，同年底将法军全部驱逐出国境，他在追击拿破仑途中病逝，葬于圣彼得堡的喀山大教堂。

离别，仿佛就是我的居住之所

最上一层是一张他姐姐的照片，样子有点婴儿肥，不注意会以为是茨维塔耶娃。中间格子的相框里是一张照片，漂亮，气质典雅，是薇拉，她是著名女演员，1904 年建立了自己的剧院，上演契诃夫、高尔基、易卜生等人的佳作。还有一个柜子在墙边，上面摆放了两张夫妻俩的单人照片。总之，这里与育婴室一样显得空荡，丝毫看不出男主人生活过的痕迹，倒是沙发上的墙面挂着一只展开翅膀的鹰的标本，活灵活现。这只鹰令人联想到她的"白天鹅"。结婚后，她恋情不断，却又放不下丈夫，"他是我的亲人，无论到什么时候，无论到什么地方，我都不会离开他"。她在给友人的信中说，自己一辈子都会爱着丈夫的。1917 年 1 月之后，她与丈夫 4 年不曾见面，只知道他参加了白军，而白军与红军作战，节节败退，正像他的一生，从未成功。埃夫隆终其一生都郁郁不得志。写小说，默默无闻；当兵，部队一败再败；流亡国外读书，也是一个穷书生；最终回国，导致家破人亡——自己，妻子，儿子，先后死去，只有女儿活了下来，还有十多年是在流放中。在埃夫隆参加白军后，她便站在白军一边，写了很多诗，把诗集定为《天鹅营》。如果埃夫隆是天上的"白天鹅"，这也是她的浪漫，或者一厢情愿。也许，她比任何人都清楚，丈夫不可能飞黄腾达，那就更不能抛弃他："我不会出卖你，在指环里／如碑文石刻你永世得到保全！"

不错。1941 年 8 月 31 日，在写给儿子的遗书上，她说："如果你能见到爸爸和阿莉娅，告诉他们，直到最后一刻我都爱他们……"

六、我的梳子齿儿就是琴弦

也许有点累了，从楼上下来时很想在楼梯上坐一会儿，又担心影响到别的参观者，就回到诗人的房间，在那墙的棱角上靠了一会儿，右边有她的书，左边是拿破仑，那个年轻女人看着很像玛丽娅·巴什基尔采娃——茨维塔耶娃非常喜欢她 12 岁时开始写的日记。这位俄罗斯天才女艺术家生于 1858 年，貌美惊人，通晓 6 国语言，红颜薄命吧，只活了 25 岁，留世一部著名日记和《亲吻您的手——玛丽娅·巴什基尔采娃与莫泊桑通信集》，她的绘画被许多美术博物馆收藏。前几天在圣彼得堡国家博物馆，我和孔宁专门来到她的画前看了半天。她的《春天》令人难忘。我们曾想要去她的家乡波尔塔瓦看看，如今属

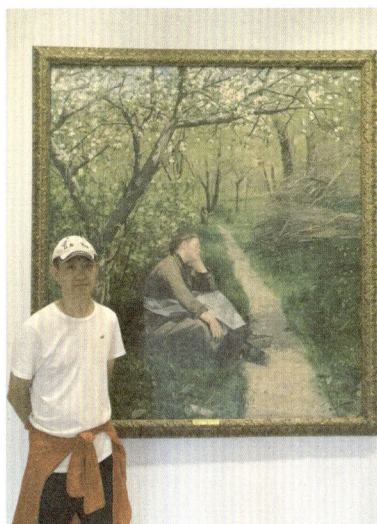

>孔宁在《春天》前留影，圣彼得堡国家博物馆（范行军摄）

>茨维塔耶娃卧室

离别，仿佛就是我的居住之所　　　　　　　　　　　　　111

于乌克兰了，那里也是果戈理的故乡。

有梦总是好的。但对于生活在此的茨维塔耶娃，面包比梦宝贵。丈夫死活不知，为了让女儿和自己活下来，她变卖了一些东西，咬紧牙关不向厄运低头。1918年11月，她写道，"世上没有更奇妙的梳子，我的梳子齿儿就是琴弦"，就在这个月，她去民族事务人民委员会上班了，目的就是卢布。她每月可以挣到720卢布。一年后，生活更加艰难。饥饿连接着严寒，而一楼又安排住进了另一户人家，她带着女儿搬到"顶层宫殿"——没有男人的冷宫。房子对面的两棵树更让她感到孤单：

> 两棵树相互渴求。
> 两棵树。在我屋前。
> 两棵老树。一幢老屋。
> ……
>
> 两棵树，披着日落的尘土，
> 冒着雨，还会顶着雪……

但我隔着写字桌使劲往前探着身子，想从窗户看到那两棵树，却没看到。再回头，看到的是她：没有面粉，没有面包，施舍的午饭都给了女儿，自己饿着肚子。

> 我的一天：起床，房顶的窗户灰蒙蒙的，寒冷，地板上有一摊水，有锯末，水桶，抹布，到处是孩子的衣服和衬衫。锯木头。生炉子。在冰冷的水里洗土豆，然后放在茶炊里煮……晚上十一点或者十二点我也终于能躺在床上。枕头旁边有盏小灯，有笔记本，有烟卷，偶尔还有块面包，四周很安静，这些都让我感

遥远的 狄康卡
近乡

到运气不错……

她在日记里记下了这一切，又在诗中写道：

> 从前我也曾头戴鲜花
> 诗人们写诗赞美我
> 1919年，你忘了我是女人

这时，阿莉娅已经懂事了，她给人写信，"一天接一天只有我和妈妈两个人过日子"，为了换点卢布，妈妈"想把她的法文书都卖掉。很长时间我们都不用电灯了。莫斯科生活艰苦，没有木材。每天早晨我们去市场。看不见彩色衣物，只有面袋布缝的衣服和光板的羊皮袄"。母女俩在自己家里像"游牧民族一样随处过夜"，在"爸爸的房间里"，"住在厨房里"，"从里面倒插上门，防止野猫、野狗，怕外人钻进来"。

这期间与茨维塔耶娃成为密友的谢尔盖·沃尔孔斯基公爵，回忆那个时候女诗人的家，"冰凉的房子里，有时还没有灯光，家徒四壁……肮脏的壁炉里没有燃料……街上的阴冷侵入房中，仿佛它们才是这里的主人"。而从茨维塔耶娃家里的土豆获得了温暖的诗人巴尔蒙特[1]的回忆，则是另一种样子："……生活条件异常艰苦，许多人都在呻吟、苦闷、走向死亡，而这更像两姐妹的母女俩，这两颗诗的心灵，却与世隔绝，自由自在地生活在幻象之中，描绘出种种令人感动的奇迹。……一面是饥饿、寒冷、无人理睬的孤寂环境，另一面却是不断地歌唱，走起路来精神抖擞，脸上总是带着微笑。这是两个为理

---

1. 巴尔蒙特（1867—1942）：俄罗斯著名诗人，象征派代表人物。

想献身的女性……"

我又来到穿堂，再次看着那个红色的大喇叭，如果像巴尔蒙特说过的，那么它现在也能播放出茨维塔耶娃和女儿的歌唱吧。但我分明听到的，还有别离之声。

"我已经习惯了离别！离别——仿佛就是我的居住之所。"1921年6月末，茨维塔耶娃给朗恩写信如是说。

离别——仿佛就是我的居住之所。这是她8年生活的写照，也是自我的认可吧。尽管，1914年之秋搬进鲍里索格列布巷6号，"梦幻之所"应该呈现的绝非如此。那时，她虽然先是离别了母亲，又离别了父亲，可身边还有年轻的丈夫、牙牙学语的女儿。那时，她22岁，有健康，有旺盛的情欲，有灵感，足以抵挡命运的残酷与冰冷。

正是这8年，孤独，恐惧，饥饿，严寒，生离死别，情无所依——她接受了所能接受的，她反抗了必须反抗的。所以，她才可以忽略这段过往了，无怨无悔。

但是，我要告别时却告诉自己：绝不可以忘记这里。2018年8月7日下午，我在留言簿上毫不犹豫地写了三个字："我来过。"

我来过，是要见证且铭记：生命中还有比诗更宝贵的东西，就是：活着，等待，还能去爱。我来过，为纪念而买了一本俄语版的《莫斯科诗抄》。我相信，我能触摸到诗意以及诗之外的更深的忍耐和眷念：

> 我走在古城莫斯科的街道，
>
> 你们也会在这里行走。

茨维塔耶娃，从这里，我只是拿走了你的诗集，轻轻地。我害怕你这样说：

遥远的 故乡 近乡

你们拿走珍珠，会留下泪珠，

你们拿走黄金，会留下秋叶，

你们拿走紫袍，——

会留下鲜血。

茨维塔耶娃，在鲍里索格列布巷6号，没有任何人可以拿走属于你的一切。一切，以诗为证，以苦难为凭。时间在这里停下脚步，阅读"每行诗都是爱情的孩子"……

1922年5月11日，茨维塔耶娃带着阿莉娅离开了鲍里索格列布巷6号。母女俩坐马车先到火车站，离开莫斯科再到里加换乘开往柏林的火车。6月7日，埃夫隆从布拉格赶过来，分别多年的一家人终于团聚。他们的女儿后来回忆：

空荡荡的广场，明亮的阳光，有个孤零零的高个子男人朝我们跑过来。母亲和父亲紧紧拥抱，站了很久，彼此为对方擦拭泪水淋漓的面颊。

午夜两点，狂奔雅尔塔

一、被无礼"甩下"预订的航班

应该是在美丽的夏日，午后，乘坐世界上路途最长的豪华有轨观光大巴，吃着干果，喝着奶茶，看着沿路风景：那是乡村别墅，那是山中教堂，那是湛蓝的海水，那是大朵的白云，那是克里米亚最高峰罗曼科什峰……总之是从辛菲罗波尔，美妙地抵达雅尔塔——怎么一下就变成了狂奔，还是午夜两点，也太疯癫了吧。

不错，就是有点疯狂。

这就是自由行：计划没有变化快。而且，要妥协，要等待，该坚持的绝不让步，更要大胆，果断决策，毫不迟疑。当然，事后想一想，有点后怕。毕竟，太冒险了，尤其后半程，战斗民族的司机沉默不语，毫不减速，车在险路行，峰回路转，多悬崖，星星点灯，照不到山下海浪喧哗。

行前，宁宁开始细化行程：归程不从莫斯科回北京，可以飞到克里米亚首府辛菲罗波尔，再到雅尔塔，然后回到辛菲罗波尔，飞新西伯利亚，从那里回国。我一听，兴奋不已，因为我不好意思提出还要去雅尔塔再寻契诃夫故居，满足一下我是中国作家中极少看过契诃夫两个故居的虚荣心。这下好了，激动之余，我又给宁宁打电话：从雅尔塔再去塞瓦斯托波尔吧，托尔斯泰在那里参加过克里米亚保卫战，他也就是在那附近打牌，输掉了母亲留给他的遗产——三年前我们在雅斯纳亚·波良纳，从生养他的主宅空地走过。我还说，托尔斯泰正是参加了这场战争，认定自己"无论如何不可能做一个说甜言蜜语的作家"。宁宁深知时间紧张，要看的地方很多，却说：范儿，想去我们就去。

行程和往返机票确定了，却有条不好的消息：因为克里米亚还在国际社会制裁中，从网上无法预订雅尔塔和塞瓦斯托波尔的酒店。8月，正是旅行旺季，很有可能我们到了，没有住的地方。我说，那也去，无非睡海边沙滩和公园凳子。宁宁说，还不至于那么惨。但，我们也做了最坏的打算，而为了行动方便，不带旅行箱，各背一个双背包。

之后，我联系到了老同学在莫斯科读书的女儿允儿，她正好放暑假，可以和我们一起去莫斯科郊外的契诃夫小镇，但我忘了求她预订雅尔塔和塞瓦斯托波尔的酒店。我们一到圣彼得堡，我就与她联系，没得到回信，直到离开那天晚上，她回复说遇到一个特殊情况，要马上回国，不能与我们一起去契诃夫小镇了，但第二天我们到莫斯科的当晚，可以见面。于是第二天晚上7点多钟，我们来到了凯旋广场旁边的柴可夫斯基音乐厅，不是要听音乐，而是到那里的咖啡厅吃饭。我们一边享用烤鱼、牛排、红酒，一边聊叶赛宁、聊布尔加科夫的《大师与玛格丽特》，很开心。我再次提出还没预订到酒店，允儿就拿出手机，开始联系。她说俄语，我和宁宁一句也听不懂，但从她的语气和表情，看出来不顺利。她说，旅行社的朋友告知，那里的酒店爆满，订不上了，再过几天还差不多。我们说没事儿，按既定方针办，车到山前必有路。允儿不同意，说最好不要冒失前往。

我们的坚定是对的。

第二天中午，我们在茨维塔耶娃故居时，允儿来电话，说契诃夫小镇不能去了，作家故居正在维修，不对外开放。我叹了一口气，这无疑将我们探寻契诃夫故居，也逼到必须前往雅尔塔了。坏消息后，好消息到，可以预订到雅尔塔的酒店了，就是贵。我的答复：不差钱。在我们前往特列恰柯夫美术馆的路上，允儿又报告，可以预订到塞瓦斯托波尔的酒店了，还是贵，订不订？我连价格都不问，一个字：订。其实，我们不是不差钱，但克里米亚半岛，这次去了，下次再去可就不好说什么时候了。也就是抱着这个想法，在塞瓦斯托波尔，我跳下了黑海。试问此生，还有几次可以拥抱黑海的波涛？

预订到了酒店，我感到冥冥之中，上帝在帮我们。正如爱默生所言：一旦你做出了决定，整个宇宙都会帮你去实现。

可是，意外还是会发生。而且是非常令人生气的意外。

那天吃过早饭，把民宿的房间整理干净，下楼把钥匙交给看门人，挥手告别。再次挥手是来到凯旋广场对面，隔路与马雅可夫斯基。要说不留恋是不可能的：契诃夫小镇没有去；马雅可夫斯基故居就在附近，因为要去看果戈理，只能二选一；还有叶赛宁的故乡梁赞，也得遥望了……下次吧，这样想着，走进了马雅可夫斯基地铁站。坐地铁，再坐轻轨，9点多一点就到了多莫杰多沃机场。飞机11点多起飞，提前了两个小时，心情

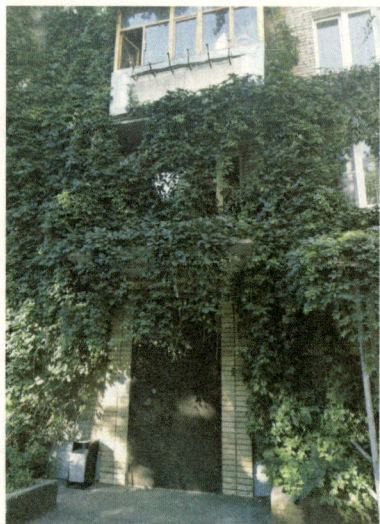

>入住民宿的一楼大门（范行军摄）

遥远的 **狄康卡** 近乡

就很放松，兴冲冲地来到柜台，拿出护照以及电子打印的机票，换登机牌，但被拒绝。美丽的俄罗斯小姐直摇头，摇得我心里有点发慌，前几天在圣彼得堡坐高铁到特维尔，排队上车时就遇到这种摇头，搞得一阵紧张。但愿拿出那张"特别护照"就 OK 了。这次显然不是那个原因。宁宁与她说英语，她听不懂，找来一个懂英语的同事，听了宁宁的询问，给我们写了一个小纸条，到另一个柜台办理。但，那个柜台又让我们到另一个柜台，来来回回好几次。语言不通，再次令人抓瞎。最后，总算找对了衙门。一个小伙子看了我们的护照，在电脑上查了查，用英语告诉宁宁：机票超卖，我们无法登机。宁宁与他交涉，我们早早就预订了机票，都有座位的，超卖也是在我们之后，为什么不让我们登机？此刻，我们又加深了对俄罗斯的一个认识：一些国际惯例在这里真的可以行不通。今天，算我们摊上事儿了。小伙子笑眯眯地看着我们。继续交涉。我与宁宁商量好了，不焦虑，不卑不亢，提出抗议。这期间，身后不断有俄罗斯人排队，小伙子就停下与我们的沟通，让他的同胞到前面，办完了事情，再搭理我们。这样干了三四次，我一看时间，过去一个小时了，能不能上飞机还悬着。我们的计划是 11 点多落地辛菲罗波尔，再到市区转转，也许还能去看巴赫奇萨莱的喷泉，之后再坐有轨电车，前往雅尔塔，时间宽裕直奔契诃夫故居，傍晚再到海滨大道寻找"带小狗的女人"。看着小伙子微笑的怠慢，我控制不住了，这事儿太荒唐了！他听不懂，却能看懂我的态度，始终是笑眯眯的，告诉我们，可以在附近的宾馆住下，他来安排，明天上午 9 点钟，搭乘另一趟航班。NO！我和宁宁态度鲜明。他再一次在电脑前查看起来，然后说，下午 5 点多有一趟航班，我们要不要？好吧，也只能这样了。叹一口气，无可奈何，人在他乡，语言不通，任性不得，该忍的就忍吧。长舒一口气，为今天总可以到雅尔塔了。

>多亏拍了一张机场外景，也算留下个"念想"（范行军摄）

离下午 5 点还有大把的时间，给手机充电吧，到书店溜达，补写日记。无聊。

突然，我想：要是现在离开机场，到别列捷尔金诺去看帕斯捷尔纳克、去看巴别尔，时间还是很充裕的。但我看着宁宁，没有说出口。还是语言问题，就像那天到特维尔下车，在小火车站买去克林的票，看着电子屏幕上一闪一闪的俄语，"克林"简直如大海捞针……最后买到了票，也是不敢出站，担心节外生枝，原本要出去走走，也许会遇见叶赛宁的，也只能放弃——此时，同上次一样，语言问题再次妨碍了行动。而这次更不能冒失离开，万一出去路上再遇到麻烦，一旦赶不回来，民宿也退了，剩下的行程就不堪设想了，还是老老实实地待在机场了。

也不知道是不是老天在惩罚我的小心翼翼——乌拉尔这趟航班，再次晚点，而且是一而再、再而三，从傍晚 5 点到 6 点，再到 7 点，然后暮色四合，直到快 12 点了，我们才离开候机大厅。夜色真是苍茫

遥远的 狄康卡近乡

啊。坐上第二辆大巴,来到一架飞机前,登机时再次看了一眼夜空,就要离开莫斯科了,但,没有一丝留恋。

快凌晨2点了,飞机降落辛菲罗波尔。我再次感到遗憾,就这样迷迷糊糊地飞过来了,我还幻想着从晴空万里之上,能够俯瞰彼列科普地峡[1],那里的鞑靼人城堡,或者说鞑靼人墙,重要性不啻名胜古迹。我们没有离开机场,开始寻找售票处,我嘛自然不忘边走边看,机场不大,倒也蛮现代感,线条干脆利爽。

这个时候,语言不通,再次让我们发蒙。好在,习惯了观察,看到一些人走到一个窗口前买票,就跟过去——雅尔塔——宁宁用汉语发音,同时向售票的女人伸出两个手指,就像去柴可夫斯基故居——克林小镇那次一样,我马上站过去,对方看明白了,我们要两张票。

拿到早上5点启程前往雅尔塔的大巴车票,仿佛拿到了抵达新大陆的钥匙。同时,心中隐隐作痛,一整天的宝贵时间不会再来,尤其没给我们一瞥辛菲罗波尔城市的机会。

二、凌晨两点,狂奔雅尔塔

雅尔塔。

契诃夫。

高尔基。

带小狗的女人。

燕子堡。

……我离你们,很近了。

来到一个咖啡厅,坐下吃点东西,准备再熬三个小时。我一边喝

1.彼列科普地峡:位于乌克兰大陆与克里米亚半岛之间的狭窄地峡,最宽处7—8公里。

咖啡，一边写日记。不一会儿，宁宁溜达回来了，带来一个信息：范兄，机场外面就有去雅尔塔的出租车，我们是等天亮坐大巴，还是现在就走？我一口喝掉杯里的咖啡，收拾日记：现在就走！

我们快步来到机场出租车办理处。宁宁说明来意，一个30多岁的女人开始打电话帮我们联系，最后在一张纸上写了出租车号码，交给我们。我们匆匆离开大厅。外面清爽。夜空有星。再看路上，停着一些车了，有中巴，有出租车，这时就见一辆出租车从左边快速开过来。我们上车后，宁宁把雅尔塔酒店的名字给司机看，他将信息输入手机，放到前面，立刻，我看到漆黑的屏幕上出现一条路——这就是通向我渴望了多年的雅尔塔之路。

>孔宁与机场人员联系前往雅尔塔的出租车（范行军摄）

车驶出机场，回头再看，那里灯火明亮，但也渐渐远了，心里竟有点失落，更为没能好好看一眼辛菲罗波尔，有些愧疚。马雅可夫斯基说这里的夏天："累累果实／压弯了树枝。"但愿，但愿，我再一次寄望从塞瓦斯托波尔回到这里时，会有时间好好欣赏一番。待我转过头再看前面，远处漆黑一片，只有车灯照出的亮，摇摇晃晃。手机显示屏上的道路，时而弯弯，时而直溜。

车速越来越快，我本想闭眼打个盹儿，却不由自主地抓紧车窗上的把手。在叶卡捷琳娜堡，大雾中已经体验了一回俄式粗犷的降落，50分钟后又享受到在雨中强力起飞的彪悍，此刻夜行，这贴紧地面的速度也是够冲的。我们不懂俄语，司机不会英语，无法交流，我伸手想拍拍他的肩膀，让他慢点开，又有点担心被人家笑话。好吧，既坐之，则安之。

无法安之。我又回头看了看，以为会有别的车跟过来，也算有个同路。但没有，有的只是一片黑，尤其广大。这样一想，午夜狂奔也算刺激。我对宁宁说，今夜，不，是今天，应该是此刻，只有我们两个赶往雅尔塔。宁宁说，挺过瘾。我说，庆幸就我们两人，多个人，就多个选择，多种考虑，会让决策迟疑不定，耽误时间。宁宁赞同，同行中要有女伴，可能也不会黑夜出行。在这样的夜晚，这样不顾一切的冒险，我们这样的交流必要而又及时——理解、信任，带给人以安全感和坚定的信心。

但，这时我还是有点困了。在机场十多个小时的等待，一次次的晚点，太消耗人的精力了。可是，又不能睡。不再担心夜行快车了，而是这个夜晚太难得，很难再有，就使劲瞪大眼睛。于是，一会儿看看窗外，一会儿看看显示屏上的那条道，当它弯曲的时候，我会跟着不自觉地转弯，转来转去，有点在游戏厅打游戏飙车的感觉，不由得好笑。

到了一个十字路口，尽管前后无车，司机还是停下车。宁宁指给我看外面的空中有轨电缆，我知道他要说什么——如果不是意外，我们在昨天下午就是坐有轨观光大巴，前往雅尔塔，而此刻只能是做梦了。我笑了笑说，这样夜闯雅尔塔，更刺激。宁宁会心一笑。

绿灯一闪，车急不可待地冲出去。

一个多小时很快过去了。车开始盘山而行，转来转去，那掩映在山峦树木间的白房子和点点灯火，忽在左边，忽在右边，仿佛穿行在幻境之中。我不禁又想到马雅可夫斯基的诗：

> 到雅尔塔的路像一部长篇小说，
> 你得随着它心潮起伏。

我知道，已经进入雅尔塔了。虽然夜色茫茫，却也越来越看得清楚了，那山间的别墅，路边的灯火，拐弯处的住宅和店铺，还有偶尔出现在路边的男人。能够感觉到，车盘山而下，进入了城内，但就是没看到酒店，以为路边会有很多看似汉庭、速8、如家一类的宾馆，大堂明亮，真是想多了，一个也没瞧见。既然如此，当车向西行，我努力向南看，以为能看到黑海，却黑乎乎的，不像是海，也没有轮船的灯光，倒是不停地闪过一些低矮的房屋。这时，车猛地向右一拐，感觉又是上山了，果然速度慢下来，不一会儿又右拐，不到几分钟，停了下来。

这是什么鬼地方？！

没有一点酒店的样子。前面，都是两三层小楼，左边也是，周围黑灯瞎火的。车前灯亮着，隐约可见右边有个院子，还有一个门，旁边立着一个亮着灯的广告牌。宁宁看了一眼，说：范兄，酒店到了。

我下车了，还有些懵懂，宁宁将酒店名字与广告牌又对照一遍，确定无疑。好吧，我走到门前，推门，锁着。敲门，没人应声。使劲敲，还是没人出来。司机看着我们，没向我们要车费，而是拿出手机，开始打电话。我转了转，发现可从右边爬到墙上，再跳进院子。宁宁提醒我不要跳，我也担心有狗，但马上想，这么敲门，有狗早就叫唤了，还想翻墙进去，不过还是没有跳。我回到门前，又敲了几下门，还是没动静，这时我想起在圣彼得堡那天一连开启两道门的经验，仔细观察起来，于是发现了门铃。按。使劲按。又过了一会儿，里面传出了动静，不知是我按铃的作用，还是司机与酒店里面的人联系上了。果然，有脚步往门口这边来了，然后，小门开了。司机上前与那人说了几句话，又冲我们打了一个手势，示意 OK 了。我们回车拿背包，为了感谢司机一直帮助我们叫门，宁宁多付了100卢布车费。

看门人身材短粗胖，50多岁吧，穿个大背心，嘴里滴里嘟噜的，冒着酒气。他的话，我们一句听不懂。我们应该是来到酒店的门口了，就在台阶上，宁宁用翻译软件跟他对话：我们是从中国来的，预订了你们酒店，现在我们要去房间。然后，手机滴里嘟噜出来一堆俄语。他有些不满，好像是我们三更半夜的，打扰了他睡觉，也拿出手机用翻译软件和宁宁对话，结果翻译过来的汉语，驴唇不对马嘴。宁宁极为认真，他也不含糊，两人对着手机一通说，又放给对方听。哈哈哈，看着他们俩的一问一答，我在一边直乐。我不能不乐，因为总算到了落脚之地了，不用睡海边沙滩了。这时，就听那伙计的翻译软件说出了一句像是汉语的话：我……这是特殊行为，给钥匙。我们连连点头，我马上"斯巴细巴"。于是，这老哥转身，晃晃悠悠地走进一个房子，当他再出来时，手里拿着一把钥匙。第二天早上出门时我特意过去看了一下，那是一个类似收发室的房子。他把钥匙递给宁宁，宁宁立刻就把钥匙给我，说：还是你来吧，范兄。好吧，经过了在圣彼得堡的开门，再经过了莫斯科的开门，我开门的功夫已经练出来了。

我拿过钥匙，任重道远之感油然而生，而看门人看也不看我的庄重，回屋去了。我握紧钥匙，快走几步，推开酒店大门，走进去，看到楼梯，直奔过去，一直上到三楼，找到房间门，将钥匙插入门锁。一下，门就开了。进门，开灯，扔下双背包，一下子倒在床上。

雅尔塔，我终于上了你的床。

早上，我们下楼到院子的凉亭吃早餐。我向宁宁要了一支烟，我以为会品出很多滋味，但没有，就是浑身轻飘飘的。

年轻的胖厨娘端来了早餐：白瓷盘里三个煎鸡蛋，点缀一点迷迭香，一杯红茶。

　　雅尔塔的空气完全可以当饭吃。

>雅尔塔的早晨（范行军摄）

遥远的 _{狄康卡} _{近乡}

乡村最后一位诗人

一、燃烧吧，晴朗的白昼，而我想要忧愁

　　下午的阳光热辣辣的，告别布罗茨基的"一个半房间"，穿过马路再向南，就走在阴凉里了。接下来，要去寻肖斯塔科维奇生活过的一处老房子。此时，我的那种感觉越发强烈：走在铸造厂大街，就是走在诗人会出现的路上——来时遇见了涅克拉索夫，在舍列梅捷夫宫的后花园遇见了曼德尔施塔姆，更别说在姆鲁济楼下，恍然间淡入淡出的吉皮乌斯、勃洛克、古米廖夫。果然，走过阿赫玛托娃故居不远，墙上的一块浮雕令人停下脚步。

　　是叶赛宁。

　　几天后要到莫斯科的，将去瓦甘科夫公墓拜谒他的墓地，没想到这就遇见了。自然，更早的遇见是在诗里。但那时，我虽喜欢他的"乡村"，却更迷恋"荒原""魔山"，直到不惑之年，才重新找回那"蓝色的小路"和"蓝色的眼睛"。此刻，我看着他，猜想这里是他成名后下榻过的地方。

　　他第一次来这座城市，忐忑而又虔诚。那时他在莫斯科的一家印刷厂干活，早早娶了妻子，在妻子眼里，一头金色卷发的他像洋娃娃一样漂亮，却傲慢自负、自尊心很强，人们不太喜欢他。他写诗，很少会发表，没人愿意理解他，他的情绪就很颓唐。于是他决定西行。1914年，不到20岁的他扔下妻子和初生的儿子，来了。他穿着土里土气的皮袄，一双上过油的笨重的皮靴，摘下马车夫的高帽子时，会露出一头淡黄色的、略微卷曲的头发。马雅可夫斯基大他两岁，对他的样子有些不屑，"我知道，一个地道的而非假装出来的农民脱下自己的衣服，换上高勒皮靴和西装上衣时，都是满心欢喜的"。高尔基第一次见到他时感觉眼前就是个小男孩，他们来到一座桥上，看着桥下的流水，"叶赛宁使我产生一种模糊的感觉，好像他是一个自觉在庞大的彼得城堡里没有自己位置的、谦逊的、有点不知所措的少年"。高尔基判断准确，叶赛宁在《关于自己》里说：

> 我上了路，要走很远的路。从早晨起我还没吃过东西，肩上的东西越来越重，但还是走呀走。去见勃洛克，这是头等大事，一切其他的事以后再说。

他和很多人讲过与勃洛克的见面，"在见到勃洛克时我直冒汗，因为这是我首次见到活着的诗人"。他紧张，还饿，不知不觉地把勃洛克的白面包都吃完了，勃洛克一直笑着，问他再来一个煎鸡蛋不反对吧。"在当代诗人之中我最喜欢勃洛克"，每当谈到这位大诗人，他总是很激动，"啊，勃洛克的诗，多么妙啊！你知道吗，它仿佛照亮了我的心"。

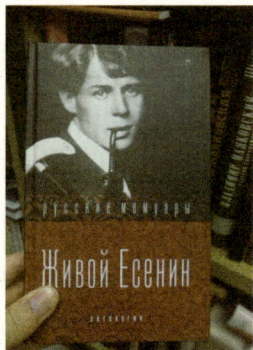
>封面上的叶赛宁（范行军摄）

与叶赛宁挥手告别，往前面走，路边有家"π"书店，打算进去看两眼就出来，可一进到里面就流连忘返了。很多书的封面都是熟悉的面孔，无法漫不经心——果戈理、屠格涅夫、托尔斯泰、陀思妥耶夫斯基、契诃夫、高尔基、阿赫玛托娃、茨维塔耶娃、曼德尔施塔姆、马雅可夫斯基、纳博科夫、布罗茨基……令人惊讶的是，又见叶赛宁：他的诗集、传记、评论集。好几个封面都是他叼着烟斗的那张著名照片，天真、顽皮，一点玩世不恭。还有，他的书都摆在明显的位置。书店不大，书架密集，挤挤挨挨，倒也曲径通幽，有些书躲在最下层，我就蹲下来看，看不懂也觉得很过瘾。走出书店还有些恋恋不舍，就坐在门口的椅子上，一边喝水一边观察进进出出的人。看得出来，很多到此的人都不是犹犹豫豫，而是大步流星，就是说到书店不是闲逛，也不是碰巧路过，而是这里就是此行的目的地。拿出手机，检查了一下此前拍的照片，就看到了叶赛宁叼着烟斗。他是自20世纪40年代以来，苏联和俄罗斯作品最畅销的诗人。而在国内，最受追捧的俄罗斯诗人是阿赫玛托娃、茨维塔耶娃、曼德尔施塔姆、布罗茨基。此行之前我重读了叶赛宁的诗，还是多年前那本薄薄的绿色小册子。他和勃洛克一样，都很寂寞。也不奇怪，我有一段时间就觉得他的诗，简单，浅白，不够深刻，显然错了，当我意识到，真诚才是最重要的。

叶赛宁，就真诚。

我喝着可乐，面对马路上的车来车往，莫名地想着叶赛宁。

他早熟。早熟是一种愁。

他15岁，凝神皎洁的月光，聆听树林的尽头、河的对岸，那困倦的更夫"敲着沉闷的梆点"。冬日里，一片片灰白的云彩，又是"怀着深深的苦闷向远方游动"。

他一个人，默默地凝视低矮的栅栏，"白杨树叶已经凋落"，幻想自己是个牧羊人，宫殿"在波涛起伏的田野间"。但他眼里，故乡还是一个"苦命的地方 / 只有森林 / 贫瘠的土地"。他一边慨叹，"我被遗弃的故乡啊 / 我的穷乡僻野 / 树林和修道院 / 无人收割的草场"，一边遥望远方，"你多美啊，亲爱的罗斯"。

19 岁那年，他立场坚定：

> 假如天兵对我叫喊：
> "离开罗斯，去天堂生活！"
> 我会回答："我不要天堂
> 我只要我的祖国。"

这四行诗，贯穿了他一生的热情、爱、忧伤和惆怅。忧思，使得一颗年轻的心，看得更远，也更宽广，从家乡的一草一木，到广袤土地上的苦难民众，那通向西伯利亚的山岗上戴着镣铐踉跄而行的苦役犯，也让他怀着敬意：

> 他们都是凶手和窃贼，
> 这一切都是命里注定。
> 我爱上他们深陷的脸颊，
> 还有他们忧郁的眼神。

叶赛宁敬爱勃洛克，因为"他对祖国怀有深厚的感情。这是主要的，没有这种感情，就不会有诗歌"。所以他也会爱上盗贼的"苦闷"，深深地体悟到"黝黑的大地母亲啊，我们全都骨肉相连"。在他蓝色的眼睛里，布谷鸟"不肯飞离自己的伤心地"。

> 燃烧吧，晴朗的白昼，
> 而我想要忧愁。

遥远的 狄康卡
近乡

他习惯向后看，与马雅可夫斯基截然不同。他越是远离故里越是回望，他的乡愁越是连绵不绝，是悠悠的奥卡河水。

>叶赛宁纪念雕像，莫斯科

二、我把自己的孩子都丢了

告别圣彼得堡的那天早上，我们一出大门，凉风带着湿意迎面而来，要下雨，赶紧加快脚步前往"干草市场"地铁站。半个多小时出了地铁，马上要到火车站时，雨点就打在脸上了。再次庆幸此行只带一个双背包，显示了轻装的好处，可以跑。一口气跑进火车站。雨小了后，又到外面观赏了一番，再回到火车站，时间刚刚好，直接往站台走。俄罗斯火车站不在候车室检票，乘客到火车车厢门口排队验票。验票时遇到一点小麻烦，好在有惊无险。

今天的目的地是到小镇克林，寻访柴可夫斯基故居。其实，我的目的地也可以说是特维尔。叶赛宁两次来过这座城市，如能到市区里走一走，也许又会遇见诗人。

1923年8月，叶赛宁与邓肯[1]从国外回国，当时他在莫斯科没房子，朋友们建议他来特维尔求助一个有实权的人物，他就来了，住了一夜，第二天搞到了三套马车，就去疯了。次年6月他再次来到这里，是出席一个诗人去世后的纪念晚会。那天中午他到一个朋友家做客，久久地注视着睡着的孩子，然后轻轻地亲了一下孩子的前额。他的眼里噙着泪花，又过去亲了亲孩子母亲的手，忧伤地说："我把自己的孩子都丢了。"

9点50分，车到特维尔。我们下车，要换乘另一趟火车赶往克林。买票时，语言不通让我们一时间麻爪，好不容易拿到去克林的票，又不敢轻举妄动了，担心节外生枝，耽误去克林，从那里还要赶往莫斯科的。既然不出去了，就在椅子上坐下吧。但遗憾随之而来，因为语言障碍，我们被自己困住了。

谁都有被困住的时候吧，叶赛宁就被困在感情里。

1914年他和第一任妻子有了儿子，1917年与第二任妻子结婚又生了一儿一女。离婚后，三个孩子都跟了母亲。他想孩子，就去看。在他妹妹眼里，哥哥"爱自己的孩子，无论走到哪里总是随身揣着他们的照片。他时刻牵挂着自己的家，向往家园，向往温暖的家庭生活"。他想孩子，却没尽到养育之责。他与赖赫离婚，以为给两个孩子抚养费就心安了，可并非如此。他更没想到，她竟然考上了著名戏剧导演梅耶霍德[2]的导演系，又嫁给了后者。一次聚会，梅耶霍德对叶赛

---

1. 邓肯（1877—1927）：即伊莎多拉·邓肯，美国舞蹈家、现代舞创始人。她是世界上第一个赤脚在舞台上表演的艺术家。她创立了一种基于古希腊艺术的自由舞蹈，先后在德、俄、美等国开办舞蹈学校。她著有《邓肯自传》《论舞蹈艺术》。

2. 梅耶霍德（1874—1940）：俄罗斯著名戏剧理论家、导演、演员，其"假定性本质""戏剧的电影化"等一系列创新理论，为后世带来了裂变式的深远影响。1933—1935年，他将莎士比亚、易卜生等的剧作搬上舞台。他没有逃脱大清洗，1939年7月被秘密警察逮捕，在监狱遭到惨无人道的毒打，1940年2月被处死。苏联当局10年后才通知家人，说他病死在西伯利亚。

宁说，我可是爱上了你的老婆，如果我和她结婚了，你不会生我的气吧？叶赛宁说，发发慈悲，娶了她吧，我将终生感激你。可是，人家真把自己的前妻娶走了，他又骂人家插足，把自己的老婆勾搭走了。

他去看孩子身边总有女伴，孩子们就觉得这个爸爸总是很陌生。叶赛宁娜回忆父亲最后一次来看自己，令人心酸。她看到：一个叔叔来了，叔叔对保姆说，是来看女儿的，保姆不客气地回答，这儿没有您的女儿。她看到了他微笑的眼睛，终于认出了那是爸爸，自己也笑了。他说，我正要到列宁格勒去，已经到车站了，可是想起来应该和自己孩子告别。他坐在门口的矮台阶和女儿说话。后来，他拉住女儿的手，很小心地吻了吻。不几天，她又看到了父亲，"灵柩里的父亲的脸完全是另一个样子"。

在开往克林的火车上，我打开日记，边写边想：在莫斯科有时间的话，要到顿河公墓去，那里安葬着梅耶霍德，这个男人对叶赛宁两个孩子的关爱，令人

>叶赛宁与两个妹妹

敬佩。反观叶赛宁，真不是一个合格的父亲。但他又绝对是个有情的人，爱女人，爱和女人生的孩子，爱两个妹妹。他每次回乡下，箱子里装的大多是书，离开村子时，并不拿走带回的书，这样家里就有了许多书籍。他的妹妹不无自豪地说，"我还在十一二岁时，就知道了涅克拉索夫、普希金、费特……和许多其他诗人"。他成名后就把两个妹妹接到了莫斯科。1924年秋天他到了高加索，一得到稿费，通常就是

跑到邮局，把大部分钱寄给母亲。一次和他同住的朋友半夜里被哭声惊醒，原来他做了一个噩梦，妹妹卡佳和舒拉没人管了，向哥哥伸手求助。朋友大为感动，赶紧帮他张罗钱。

三、我是莫斯科的一个浪子

克林到了，也中午了，到火车站旁边的一家麦当劳吃午餐。鸡腿、汉堡、可口可乐，还是那个味儿，就想来一顿地道的俄餐了。说到俄餐，还是三年前的8月，到雅斯纳亚·波良纳，中午在图拉品尝了一次。遗憾的是那次胃有点不舒服，我那份里最香的，忍着口水分享给朋友了，要是叶赛宁看到了，一定会翻白眼的。1918年的莫斯科，是饥饿的城市，相对而言图拉的食品供应要好一点，一个朋友就带上他去投奔那里的哥哥，诗人总算是能吃饱了。

在克林，我们探访了柴可夫斯基故居后，坐上了开往莫斯科的火车。上车才发现，搭错车了，这列火车不是高铁，而是地地道道的"老爷车"，逢站必停，30多次咣当、咣当、咣当，很是考验人的耐性。

当晚，莫斯科时间8点多，我们坐在了柴可夫斯基音乐厅的西餐厅，对面多了一个女孩，老同学的女儿允儿，她在莫斯科读大学，一天后帮我们预订到了雅尔塔和塞瓦斯托波尔的酒店。我们又累又饿，就想吃顿好的，于是，红酒、啤酒、牛排、烤鱼，不一会儿就摆上了。允儿听我们说要去瓦甘科夫公墓看特罗皮宁、萨夫拉索夫和叶赛宁的墓地，眼睛一亮，说俄罗斯的女孩特别喜欢叶赛宁。我问为什么。她说，帅，有才气，还有……我替她说了，还有真诚，还有点流氓。

1912年从梁赞来到莫斯科，17岁的叶赛宁还像个孩子，穿着一件发旧的上衣，脚上是一双板板正正的皮靴，头发稍卷，蓝色的眼睛看什么都好奇。他一直过着艰苦的生活，1919年的冬天，睡过商宅的浴

遥远的 狄康卡近乡

室，把浴盆用木板盖住，在上面写诗。一边是冻土豆，一边是文学。他还与朋友挤在一个楼顶上的半个阁楼里，严寒之夜两人挤在一张床上，盖的毛毯和皮袄像小山一样高。

>叶赛宁在写作

此刻，灯光明亮，音乐舒缓，美酒佳肴，就差有人朗诵诗了。在这样的氛围里讲述诗人当年的饥寒，不太和谐。但，酒助高谈阔论。

当时，叶赛宁常去一家叫"多米诺"的诗人咖啡厅，那里暖和、热闹，营业到深夜，吸引了各色各样的投机者、暴发户，还有漂亮女人，他们衣冠楚楚，油头粉面，酒足饭饱，再看诗人们，衣着寒酸，脸色憔悴，还得朗诵诗歌，给人解闷。一次轮到叶赛宁上场了，他像往常一样微笑着，可是突然面色变得苍白，背朝向舞台："你们以为我走出来是为你们朗诵诗的？不，我是要让你们滚开！……你们这些投机分子和骗子！"这下捅了马蜂窝，那些人从座位上跳起来，叫喊着冲向他。一时间乱了套了。他和朋友一直被扣押到夜里3点多，他竟然还笑着。他不是初来乍到的迷路的孩子了，他是一个诗人了，却又标榜：我是莫斯科的一个浪子。

他经常惹是生非，要是外祖父看到了，定会开怀大笑。他两岁就被送到外祖父家，淘气，爱打架，是个顽主，经常遍体鳞伤地回家，

>一头金发的叶赛宁

遭到外祖母的训斥。外祖父每每对老伴说，你呀，我的傻瓜，甭管他，这会使他更结实。外祖父有时还挑逗他去打架。结果可好，一直打到了莫斯科。令人百思不得其解的是，就他这副德行，在贫穷、饥饿、寒冷的日子里，竟写出很多优美、深刻的诗。面对疑惑，他倒是如实相告："要是我一天写不出四句好诗，我就睡不着觉。"

这样的叶赛宁，不能不令人心生爱意和气恼：

我不是你们的金丝雀！

我是诗人！

他是诗人，骨子里生长着狂放不羁。

记得3年前在波罗的海边，我大胆地连吃了两个地地道道的俄罗斯奶油雪糕后，有点亢奋，当一艘轮船驶过，我给一个旅伴讲了一个故事：1924年6月，叶赛宁参加一次活动，组织者专门租了一艘轮船，带着作家、诗人们到海上游玩，他来晚了不说，大家朗诵时，又玩起失踪。原来，他偷偷地跑到昏暗的船舱，跟水手和司炉工在一

遥远的 狄康卡近乡

起，他坐在一张吊铺上，脱掉了时髦的西装，解开了衬衣领口，使劲地拉着手风琴，情绪激昂、津津有味地唱着自己的诗。

就像那天一样，我又想讲了：1925年早春，他在格鲁吉亚的巴统，当地举行了一场"未来主义"文学评判会，组织者期待他发言。在"未来主义"的拥趸们朗诵了带头大哥马雅可夫斯基的作品后，他跳过舞台前的栏杆，站到舞台左侧，面对着朗诵者，快速地、默不作声地从怀里掏出一只小狗。小狗刺耳地叫着，他则开心地抱起它，头也不回地走了，留下恼怒的朗诵者和观众席上的笑声。

现在是8月，夏夜暖好。也许在寒冬里来莫斯科，我可能又会遇见"那一个"叶赛宁吧：那是一个寒冷的冬夜，他戴着圆顶高帽，肩上披着几乎垂到地面的普希金式披风，把自己包裹起来，行人无不觉得惊骇，仿佛见到一个怪物。可他则笑得漫不经心，自嘲这是在效仿世界上最好的诗人普希金。可能觉得这话骗鬼都不信，他便老实地向朋友说是自己觉得实在太无聊了。他任性而又委屈。任性，被很多人原谅了，因为他的才华，但委屈却没人深究，也无人可诉，闷在心里，沉淀、发酵、膨胀、变形，越发扭曲，也越发需要通过怪异的行为表现出来。但在他的内心深处并无快感，空虚后就是无聊了。我也是无聊的吧，诗人不应该成为谈资。

真要说叶赛宁，心得靠近乡村。

四、乡村最后一个诗人，成了故乡的陌生人

如果去诗人的家乡梁赞，我就不去诗人的墓地。想到诗人的故乡，总会想起一句话：天使望故乡。

　　我热爱故乡。

我非常热爱故乡！

……

童年的回忆让我患上了温柔的怀乡病，

我不时梦见四月黄昏的潮湿与阴沉。

诗人在梦里常常返乡。而他回去了，深沉、温柔的故里，又让他怀有难以排遣的忧郁："一种黄昏的惆怅／不可遏制地困扰着我。"曾经一起玩耍嬉戏的童年伙伴，"此生再见恐怕遥遥无期"。他为背井离乡者默默祈祷，回看自身却是悲凉：

我已厌倦故里的生活，

为广阔的麦田兀自伤悲，

我将离开低矮的茅屋，

去做一个流浪汉或盗贼。

1920 年夏天，叶赛宁在家里住的时间最长。十月革命那暴风骤雨的日子过去了，家乡平静了。平静得令人不安。他父亲又患上了哮喘病，希望儿子多往家寄钱。村里，有老人死去了，也有年轻人死去了，他看得心碎，却看不到乡村的未来。《我是乡村最后一个诗人》成为淡蓝的挽歌：

很快，蓝色田野的小路上

将有一个钢铁客人走来，

他将用黑色的手掌收集

这片撒满朝霞的燕麦。

遥远的 _{叶赛宁}
近乡

他对这个"钢铁客人"怀着天生的敌意：

> 僵硬、陌生的手掌啊，
> 你们断了歌儿的活路！
> 只有奔马般的麦穗
> 将为老主人伤心啼哭。

这年8月，他给朋友写信："我们看见，在火车头后面有一匹小马驹正使出全力奔驰，这么快奔驰，使我们立刻明白了它为某种原因才想超过火车。它奔跑了很久，但最后终于累得筋疲力尽，在一个车站上被人捉住了。这个插曲对别人并没有什么意义，但它对我却意味深长。钢马战胜了活马。"这匹小马驹对他来说，是亲切的乡村的形象，但是，"现在正在建设的社会主义完全不是以前我所想象的那样，……没有荣誉，缺乏幻想"。

当他呼喊"啊罗斯，展翅高飞吧，开辟出另一片荒地"，却又激愤"公路用两只石手紧紧掐住了乡村的脖颈"。"哀嚎的恐惧"的一旁，站着忐忑不安的诗人。他坦陈："在革命的年代里，我完全站在十月革命一边，但我是按照自己的方式，带着农民的倾向接受一切的。"当乡村再也不是他想象的、希望的面貌，他迷茫了："你在何处，我的老家／在山脚下给我温暖的家？"

> 我的故乡是梁赞省的康斯坦丁诺沃村。村庄近六百户人家，它延伸在那陡峭的、重峦叠嶂的奥卡河右岸。

那次前往雅斯纳亚·波良纳的途中，我一直幻想着跟随诗人的妹妹，寻访那宁静、清洁而郁郁葱葱的村庄。在春天和夏天，叶赛宁整天待在草原或泡在奥卡河里。他要是说话了，总会说起童年在乡下度过的时光。他要是安静下来，书总是不离手。他要是眺望远方，时而犹豫，时而坚决：

> 我不是一个新人！
> 何必掩饰？
> 我的一条腿还停留在过去，
> 我一心追赶钢铁大军，
> 另一条腿刚一迈出就会摔倒。

他"摔倒了"，还是要"卷起裤脚"迅跑，跑得踉踉跄跄。他只有在信中与友人交谈，才能平复焦虑和矛盾："在乡下，在奥卡河畔，我身体会更好些。"

"我能理解大地的语言"，但家乡对他似乎不大理解，也不热情。在这里，很少有人把他当作一个诗人，而是将他视为夏天从城里来做客的同乡。在他返乡的日子里，家乡没有为他举行过一场朗诵会。诗人不能不苦笑，甚至怀疑，他的诗在这里是无人需要的，大概连他在此也是多余：

> 我在这里完全是个陌生人，
> 认识我的人早已把我忘怀。
> 从前那间祖屋所在的地方
> 如今只有一堆灰烬和一层尘埃。
> ……
> 在谁的眼里我都找不到归宿。

遥远的 <small>狄康卡
近乡</small>

> 叶赛宁家乡的故居，俄罗斯梁赞省康斯坦丁诺沃村

"这里"，不只是一个康斯坦丁诺沃村，那间"祖屋"也不只是一间房子。所以，他才能悲伤地说："在自己的国家我成了外国人。"

他，是一个拒绝学习任何一种外国语言的俄罗斯诗人，竟成了故乡的陌生人，这对"乡村最后的诗人"来说，不啻被家乡发配了。

但是，他的忧思还是在乡村深处，更是在内心深处，找到了一种延续，却又不是所有人都理解得了，那里的河流，对诗人的意义。最后，诗人自己也没能从回望的期待中，获得安抚。他悲叹：可蓝色的原野不能疗伤。

诗人的心和肉体，都病了。

1922 年的时候，他的身体总是不舒服，常常伴有莫名的空虚感和孤独感，忧郁的心情又无法排遣出去。1925 年春天在巴库，他的颓废是被大家看在眼里的。在海边，大海在咆哮，白浪滔天，惊涛拍岸，而他漫不经心，衣襟耷拉着，眼睑红肿，因为感冒而咳嗽着，说话有气无力，仿佛"生命之火即将熄灭"。回到别墅，他酗酒、骂人、胡闹，又恸哭不已，泪流满面：

> 我什么都没有了，我感到可怕。我没有朋友，没有亲人。我谁也不爱，什么都不喜欢。我只有诗。我把一切都献给了诗……教堂、村庄、遥远辽阔的地方、田地、森林。所有这些都与我无关了。

诗人还有诗。可能，诗人只剩下诗了。

但诗，能拯救命运吗？

命运与酒，他拿起的，是酒。那一刻，他不想看到命运了："你在哪里，我宁静的欢乐——既爱一切，又一无所求？"尤其是："我的眼睛所熟悉的天地，在月光下也不再楚楚动人。"他反复低吟：

> 我洁白的椴树已经凋零，
> 夜莺的黎明也不再啁啾。

两次到新圣女公墓，两次来到马雅可夫斯基墓地前，我都在想一个问题：他为什么没与叶赛宁葬在一起，像契诃夫与果戈理面对面，像列维坦就在契诃夫身后……如果在一起，他们就不会总是争吵了，还能做个伴儿。

马雅可夫斯基曾讽刺叶赛宁："你脚底下何必拖泥带水呢？"

叶赛宁说："我拖泥带水，你拖生铁带熟铁！泥土能造人，生铁能造什么？"

马雅可夫斯基回答："生铁能造纪念碑！"

"未来主义"的铿锵诗人，不可能也不想去理解叶赛宁心中的那些

遥远的_{狄康卡近乡}

柔软的"意象"：

我从来不曾这般疲惫，
置身于这灰蒙蒙的寒冷泥泞。
我梦见了梁赞的天空
和我与众不同的人生。
……
那一头乱蓬蓬的金发
如今正变成灰白的颜色。

他也越来越经常地回忆更年轻的时候，未老又惜春："啊，我那已经消失的朝气哟。"

诗人的心，是撕裂的。被自己撕裂，也被现实撕裂。

爱故乡，故乡陌生了，还把他的回归看作是"做客"。

爱朋友，朋友羡慕他的才华，难以理解他的苦闷和乖张。

>叶赛宁纪念碑，俄罗斯梁赞

爱女人，女人爱他的名声和愤世嫉俗，却不能给他一个温暖的爱巢。

爱钢铁的新社会，钢铁巨人的铁臂将他精神的白桦林砍伐得干干净净。

所以，既要看懂诗人的自嘲："我就是一个下流胚，终日胡闹。"尤其，更要读明白诗人的清醒："但既然魔鬼在心灵里做窝，就说明天使也住在里面。"但是，我们都无法给予他慰藉：当诗人成为故乡的陌生人，真的一无所有了。

他曾经告诫一个比自己小几岁的诗人："去寻找故乡吧！找到就是成功！找不到一切完蛋！没有故乡的诗人是没有的！"

五、永远拥有俄罗斯灵魂温柔的忧伤

3年前在圣彼得堡，从伊萨基辅大教堂[1]旁边走了一个来回，眼看着与叶赛宁生命的最后一站擦肩而过，难以心安。3年后再来圣彼得堡，在路边、在书店，总能与诗人相遇，绝非巧合。

那天傍晚，从肖斯塔科维奇故居回到涅瓦大街，走了半个多小时，来到普希金文学咖啡馆，再出来暮色已降，天空依然还有淡蓝，几朵粉红色的云彩在远方。我们快步走向伊萨基辅大教堂，再右拐走过十二月党人广场，去涅瓦河边看青铜骑士。停留了一会儿，又回到伊萨基辅大教堂，此时，射灯把大教堂映照得辉煌而庄严。这一次，我们向安格列杰尔酒店走去。酒店北边的露天酒吧很是热闹，坐满了男男女女，喝酒聊天。我们来到它的西边，从正门走了进去，先上了洗手间，洗了脸，梳了头，人看起来精神了一些，然后回到大堂，在

1.伊萨基辅大教堂：1818年建造，1858年竣工，与梵蒂冈的圣彼得大教堂、伦敦的圣保罗大教堂和佛罗伦萨的花之圣母大教堂并称为世界四大圆顶教堂。

>安格列杰尔酒店（范行军摄）

沙发上坐下。跟前，一盆花开得正好，是蝴蝶兰。前台一男一女两个接待员，一个看卡片，一个在写字。没有客人进出。我坐着，不知道下一秒将要干什么。

但是，我觉得，走进来不是偶然的。

这时，一个大堂经理模样的男人从前台右侧的后门，走了出来。他应该看到了我们，却没走过来，而是与男接待员说了几句话，之后站在那里，仿佛在等什么人。

我对宁宁说，采访的机会来了。我和宁宁走过去。他面对两个东方面孔，先笑了。宁宁用流利的英语与他交流，再给我翻译："这位先生说，叶赛宁是在这里住过，就是楼上的 205 房间。"但是，他没提诗人是在 205 房间自缢的，却提供了一个细节，在酒店外墙上挂着诗人在此住过的标志。我们出了酒店，再次回到露天酒吧，在墙上搜寻

>孔宁采访大堂经理（范行军摄）

果然，发现了那座石板浮雕。与俄罗斯建筑上的任何名人标志都不同，它是断裂的——上面，刻着诗人去世的时间：1925。而从左下角略上一些，向上，再向下，再向上，再向下，再向上，一道裂痕将石板分割开来。

这是生命的断裂。

断裂的下面，是一些男人和一些女人，喝酒，吃冰激凌，笑，窃窃私语。

我拍照时让一对男女面露微愠，但我毫无歉意，反倒认为他们喝酒选错了地点。不过又觉得自己有点矫情，叶赛宁怕是希望如此吧。

我盯着那道断裂。

死亡，任何诗人无法回避的命题。叶赛宁在诗中多次涉及死亡，写过"自缢"，但最后一步果真如此，令人歔歟。

1924 年 5 月的一天，叶赛宁为一个诗人朋友送葬，忧郁而悲伤。葬礼后不久，他又陷入悲观，说自己活腻了，可能再也写不出有意义的东西了。他对朋友讲："死亡的感觉追随着我。我在夜间失眠时经常感到死临近了。……这很可怕。这时我就从床上下来，打开电灯。一边读书一边在房间里快步地徘徊，这样能把思想转移。"很显然，他的抑郁症这时已经很严重了，但他的诸多怪异行为、酗酒、胡闹，凡此种种遮盖了病情。他把自己迷惑了，也把关心他的人给迷惑了。

1925 年 8 月，他写道："我深知，很快，我也将长眠不醒。"

在诗中"歌唱"死亡与感到死神近在咫尺，是两回事。他会说："诗人必须时常想到死，只有念念不忘这一点，诗人才能特别强烈地感受到生命的存在。"那么，这是怎样的一种"感受"？我父亲走的那个秋天，我的不可饶恕的迟缓，惩罚了我，没能看到父亲最后一眼。深秋的一天，我跑到东小口森林，大声朗诵着："我又回到了生身的故土 / 谁还记得我 / ……我想起祖父 / 想起祖母 / 想起墓地上蓬松的积雪……"我站在一片白茫茫的如雪的芦花前，眼泪流了下来。我猛地想起，这首诗，是叶赛宁在世时最后一次公开朗诵的作品。在台上，他读着读着，泣不成声，怎么也读不出后面的句子了。他双手捂住脸，但捂不住泪水。我的泪水也无法控制了，也是慢慢地，读出了最后八行：

遥远的 狄康卡近乡

都安息了，我们也会去那里，

不管你如何对待此生，——

所以我才这么依恋人们，

所以我才这么爱人们。

所以我才差点痛哭失声，

并面带微笑熄灭灵魂之火，——

仿佛我是最后一次看见

这间台阶上有条狗的农舍。

当我擦干泪水时好像明白了，为什么一直喜爱芦苇，也许为了这一刻，如雪的芦花呼应着那"墓地上蓬松的积雪"。人终有一死，活着的时候珍惜了珍惜的，才好啊。为一个台阶，为一条狗，为一间农舍……

诗人想活着。同年 11 月 26 日，在莫斯科，他住进了神经病院，给朋友写信："我的生活还行。在竭尽全力地进行治疗，只是闷得要命；但我能忍耐，因为我感到治疗是必需的。否则我便无法再歌唱了……"住院疗程是两个月，但仅过了两个星期他就不耐烦了，给列宁格勒的朋友发电报，"速找二三个房间。20 日去列宁格勒"。12 月 21 日，他离开了医院。23 日夜，下起了杨花般的飞雪。诗人的妹妹 A. 叶赛宁娜记得很清楚，楼下停着雪橇，一只只箱子在上面放稳后，她的哥哥坐在上面。她忽然抽噎起来，仿佛是最好的道别。哥哥抬起头，向妹妹愉快而亲切地笑了笑，挥了挥手，雪橇便在房子拐角处消逝了。

他到了列宁格勒，表示要彻底更新自己的生活，要戒酒，也不再回妻子身边了。他显得很兴奋。28 日早上，朋友敲了 205 房间的门，敲了好长时间没人开，最后请管理员用万能钥匙打开门，看到他在窗户跟前吊死了。

>叶赛宁生命的最后纪念浮雕（范行军摄）

我盯着那道断裂。然后，看向上面两侧的窗户……那天，这里所有的窗外，雪花纷飞，205房间里死一般寂静。一只皮箱已经打开，放在旁边的一把椅子上，一团五光十色、蛇一样的时髦外国领带从箱子里露出来。据说，领带上那含有毒性般的光怪陆离的色泽，呈现出一种不合时宜的鲜艳和华丽，令人看了感到刺眼。一天后，报纸上发表了诗人用血写成的绝命诗：

再见了吧，我的朋友，再见
亲爱的，你留在我心间。
命中注定的这次离散，
预示着来世相互有缘。

再见，朋友，莫握手，莫多言，

不必伤感，不必愁眉苦脸，

这世间，死去并不新鲜，

活下去，当然更不稀罕。

我从生命的"断裂"看向了别处。

别处是喝酒的人们谈笑风生。

别处是伊萨基辅大教堂上天使的翅膀跃跃欲飞。

别处是从结束处开始……

几天后，早上天气阴凉，像要下雨。从民宿出来，走到凯旋广场对面，与马雅可夫斯基雕像挥挥手，向地铁站走去。

今天，要去瓦甘科夫公墓看叶赛宁。

当年，安葬诗人前，人们抬着他的灵柩，在特维尔大街的普希金纪念碑绕行一周，意在表明，他是普希金光荣传统的当之无愧的继承者。在我看来，这一继承中，最大的遗产，就是真诚。而真诚里的很大一部分，是内心深处对故土、对亲人的真挚感情。今天读叶赛宁，我想很多人也是怀着这种感情的。如果缺失了这种感情，阅读就是找回，能找回多少，是多少吧。

走出地铁时，下起了雨。三年前到新圣女公墓，就下雨。前几天到涅夫斯基修道院的两个公墓，也是下雨。墓地的雨，总是一种天地之间的传递吧，而到底传达了什么，一时又想不出来。在雨中步行了20多分钟，看到了公墓大门。

叶赛宁是瓦甘科夫公墓最有影响力的人物了。在里面，只要展示出诗人的头像，就会得到扫墓人的指引。雨还在下，不大，稀稀落落，落在身上，发出轻微的声响，像是悄悄的探问，探问东方的脚步，为什么不远万里来到这里。向墓地深处走去。走，就像平日里走在一条熟悉的路上，树是绿的，花有红，有白，有黄。这里更安静。

空气清新而潮湿。我听到了鸟叫，又近，又远。这时，路的前面显示出了一些宽阔来，就像在圣彼得堡的沃尔科沃公墓，走向屠格涅夫墓地时那样。只见前面有五六个人，其中一个漂亮的女孩在给其他人做解说，她的白色 T 恤上印着那张著名肖像——诗人拿着烟斗的。这时，我们放慢了脚步。诗人的半身像，雕刻在一大块白色的大理石上，这样看上去他的身后就有了依靠。是的，依靠，那是更广大的一片树、一大片墓碑。诗人的墓地像是一个小花园，墓碑被一个四方的花坛环绕，里面栽着鲜花，墓碑下是敬献的花束和花篮，还有几张画像。诗人说过，"我们全在这些岁月里爱过，这也意味着别人也爱过我们"。其实不是"爱过"了，而是还在爱着。"当我在欧洲和美国旅行时，随身总带着他的诗集。我有这样一种感觉，仿佛我随身带的是一把俄罗斯的泥土。从这些诗中明显地发出故土的甜美和苦涩"——这，不只是一个俄罗斯人怀有的情怀。

　　这时，女孩来到诗人墓碑前，拍照留念，她摆了好几个姿势，最后转身，轻轻吻了一下诗人的手臂。可惜，我没能拍下这个镜头。她和宁宁交流，说她非常喜欢诗人，大家也都爱他。我想，这话叶赛宁一定会听到的，即使此刻他在安睡。诗人安睡于此，找到了渴望的安宁，可是每一个前来的脚步，每一片敬献的花瓣，又都是一次与他的交谈，用彼此都能听懂的语言。哦，这真的不用再劳烦他的老母亲了，有诗，就够了：

> 明天一早请把我叫醒，
> 啊，我吃苦耐劳的母亲！
> 我要去翻山越岭，
> 迎接一位尊贵的客人。

>作者在叶赛宁墓地

>叶赛宁墓地（范行军摄）

明天一早请把我叫醒，
在我们屋内点上一盏灯。
据说，我很快将成为
声名远扬的俄罗斯诗人。

　　我站到了诗人身边，左手扶着他的右臂，立此存照。之后，我来到诗人的左前方，再次看着他。他，还是双手抱在胸前的那种无所谓的任性的样子，还是那卷曲的头发，还是那双大大的忧郁的眼睛——我想说，眼睛里，并没丢失了蓝色——我还想说，那椴树，依然洁白，稠李花依然如初，奥卡河水依然清澈。

　　我还想告诉他，我走了，不是把他留在了坟墓，而是留在了心灵深处。我们都是"很穷的朝圣者"，都会在诗中活着，有着相同的梦：

就在今天我还梦见了
我们的田野、森林和草场，
……
但我肯定会永远拥有
俄罗斯灵魂温柔的忧伤。

黑海三记

一、黑海不是黑的，黑海是一面镜子

　　我的地理常识里，黑海的特点是它的淡，相对于很咸的海。

　　很早很早以前，地中海通过博斯普鲁斯海峡涌入黑海的水，较重的海水沉入深层，而从多瑙河、第聂伯河等陆地河流涌入的水含盐量只有海水的一半，浮在上层。当然，深与浅，是有融合的。

　　淡，也是海的味道——在雅尔塔的海滨大道，舌尖尝到了飞溅过来的浪花。这样的品味是肤浅的。所以，从塞瓦斯托波尔南岸一块岩石跃入水中，游了一会儿后，我很想往下再潜水一些。但无论如何也到不了 100—200 米之间，那是浅水和深水交流的层面。说来漫长，浅水与深水彻底交流一次，需要上千年。

　　夜深人静，到阳台上，近看酒店院子里的小游泳池，灯光下是安静的一块碧玉，远看南面的黑海，则是墨蓝的茫茫一片。黑海不黑。黑海的颜色比较深便是了。至于布罗茨基说："博斯普鲁斯！破旧的狭长水带，……它保持皱纹，尤其是灰色的日子，没人会说它被历史玷污了。它表面的急流在北方的君士坦丁堡附近把自己涤净——也许这就是为什么那个海叫作黑海。"这，不过是诗人的想象而已。

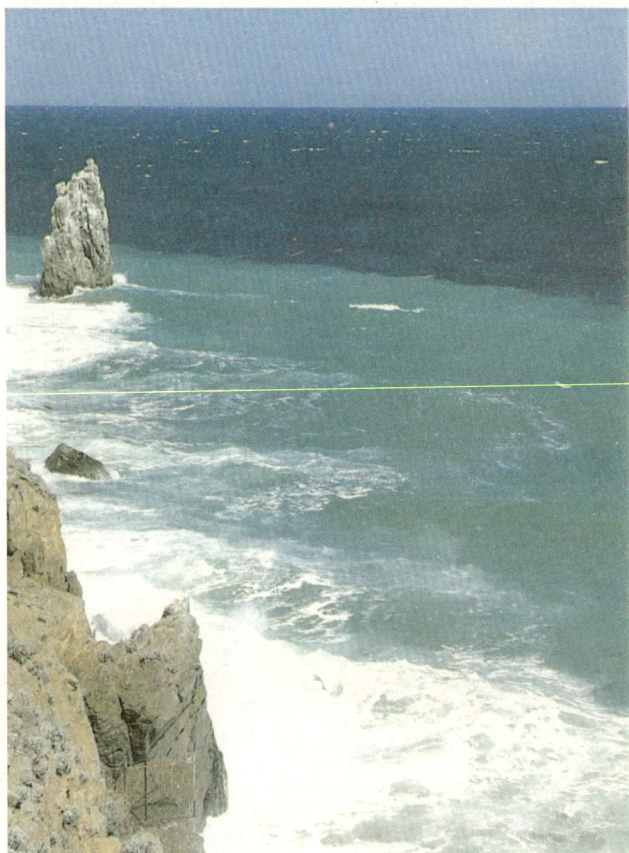

>从燕子堡看黑海的三种颜色（范行军摄）

　　还是在雅尔塔，伫立在契诃夫曾经站过的岸边，认真地瞭望了好一会儿，我看到黑海是三个颜色：远望，是深蓝的，近处是浓绿的，岸边是灰白的。太神奇！是幻觉吗？

　　那天中午从里瓦几亚宫出来，一边想着马雅可夫斯基曾在这里为农民"做报告"，那是 1927 年，沙皇的夏宫改做了农民疗养院，一边顺着山间小路向海边走，树林茂密，耳闻涛声，目不见海，直到一条盘山路出现，顺着它来到一个开阔处，黑海尽收眼底。从这里看黑海，还是深蓝、浓绿、灰白。这是远海、近海、岸边的水的含盐量不同，以及深浅不同造成的。下午登上雅尔塔最著名的景观燕子堡，站在这座世界上最小的城堡旁，但见黑海依然是那三种颜色。三种颜色之上，海鸟自由自在地飞着，像白色的精灵。

黑海到底应该是什么颜色的？

谢尔盖瓦是一名水电监工，1945年初参与了里瓦几亚宫的修护，过后才知道自己干活的房间是给美国总统罗斯福住的。二战胜利前夕，1945年2月4日至11日，罗斯福、丘吉尔、斯大林聚会雅尔塔，里瓦几亚宫是美国代表入住的地方。那次修护中，谢尔盖瓦每次干完活，内务人民委员部人员来检查时，总有一个非常挑剔的女人——美国大使哈里曼的女儿——凯瑟琳·哈里曼——带着一些美国人跟在后面说三道四。在她的要求下，总统专用浴厕的墙面用油漆刷了7次。每一次，她都指着海面，表示墙面颜色要和海水一样蔚蓝，可是海水的颜色会变，所以墙面一漆再漆，总是不如她的意。

>孔宁在雅尔塔（范行军摄）

善变的黑海，我看到的三种颜色会不会也将发生改变？变也正常，不变也美。只是罗斯福的女儿安娜未能到海边近距离地看海，因为士兵提醒她，会有水雷冲上海边。也许是看罗斯福带了女儿前来，丘吉尔也把女儿带来了，2月7日下午，萨拉·奥利弗和父亲同车前往里瓦几亚宫，日后写给家人的信中说："今天又是美好的一天，太阳露脸，温暖着花岗岩的山峰，阳光照在海面上，反射令人睁不开眼。爸爸和我望着车外景象，他喟叹道：'仿佛冥府的海岸！'"

我想，说出这话的丘吉尔一定没有读过马雅可夫斯基的诗，诗人在此描绘的是另一番景色：

> 月亮的圆面
>
> 　　　像个木桶底，
>
> 在里瓦几亚宫
>
> 　　上空
>
> 　　　　高挂。

对黑海，契诃夫是有发言权的。1889 年以后，天气一冷，他就来到雅尔塔疗养肺病，1898 年干脆在奥特卡山上买了一块地皮，盖起一座二层别墅住下来。可是，他在给友人、妻子的信中，几乎就没提到过黑海。1899 年他在《带小狗的女人》中终于描述了夜色中的黑海："他们一面散步，一面谈到海面多么奇怪地放光，海水现出淡紫的颜色，那么柔和而温暖，在月光下，水面上荡漾着几条金黄色的长带。"之后，契诃夫又展示了一段令人怦然心动的顿悟：

> 到了奥列安达，他们坐在离教堂不远的一条长凳上，瞧着下面的海洋，沉默着。……单调而低沉的海水声从下面传上来，述说着安宁，述说着那种在等候我们的永恒的安眠。当初此地还没有雅尔塔，没有奥列安达的时候，下面的海水就照这样哗哗地响，如今还在哗哗地响，等我们不在人世了，它仍旧会这么冷漠而低沉地哗哗响。这种持久不变，这种对我们每个人的生和死完全无动于衷，也许包藏着一种保证：我们会永恒地得救，人间的生活会不断地运行，一切会不断趋于完善。

如今在奥列安达，有一座契诃夫纪念碑，他瞭望黑海，涛声依旧吧。

>契诃夫纪念碑，雅尔塔西边的奥列安达（范行军摄）

时间过去了很多年，出生于俄罗斯在乌克兰长大的沙希利·浦洛基写作《雅尔塔：改变世界格局的8天》时，展开了这篇小说，跟着安娜和古洛夫来到奥列安达，"透过晨雾，雅尔塔朦朦胧胧，看不大清，白云一动不动地停在山顶上。……我们会永恒地得救，人间的生活会不断地运行，一切会不断趋于完善"。他所谓的"不断趋于完善"，或许正是"三巨头"[1]在春寒料峭的日子里跑到雅尔塔想达成的一个目标。

我在雅尔塔，在里瓦几亚宫，在奥列安达，总是试图听到契诃夫描述的"冷漠而低沉地哗哗响"，但没有。在海滨大道的南边海岸，孩子和游人等着波浪冲上堤坝，让浪花落在身上，发出阵阵欢笑和尖叫。在燕子堡的悬崖下，惊涛拍岸，轰鸣喧天，让人心跳加速，兴奋地大声吼叫。最美的是顺着山路一直往上走，站在城堡旁，感受迎面而来的强劲的海风，再看黑海的无边无际，人一下子变得小了，变得没有了，变得空荡荡。干干净净的无。但是，我为这样的体验感到羞愧。它无力，没硬度，少盐。

再看契诃夫，通过小说人物的心境，为我们感悟了海的喧嚣与永恒之力。也许，在雅尔塔，他孤独，经历病痛，沉思默想，才体验出

---

1. 三巨头：1945年2月4日至11日，美国总统罗斯福、英国首相丘吉尔、苏联领导人斯大林，在克里米亚半岛的雅尔塔举行了重要会议，史称"雅尔塔会议"，俗称"三巨头聚会"。

了黑海更深处的喧哗与骚动。当初，在他的家里也是能够听到海声的，可是我在他的书房和花园，屏住呼吸却一点也听不到。许是山上的建筑太多了，山间的树林太茂密了，还有就是别的声音太吵太大了，隔断了海浪的宣讲。许是那时的海浪是专门讲给孤独的契诃夫听的，也是讲给一个能听懂它的故事的人听的，现在，那个人不在了……我这样想着，便少了许多落寞。

契诃夫的书房里有很多照片，有一张是普宁的，他很喜欢这位比自己小十几岁的后辈，常约他来家里聊天、吃饭、散步。一次，他想去看望在加斯普拉养病的托尔斯泰，为了穿哪一条裤子更合适，在卧室里进进出出，花了一个多小时才决定下来。

"不，这条裤子窄得不像样！"契诃夫说，"他还以为我是个蹩脚作家呢。"

于是又去换了一条裤子，笑着说：

"这一条宽得像黑海一样！他还以为我是个无赖……"

我在契诃夫的衣柜里只看到一件黑色的皮大衣，没有那条裤子，即使有它也不会"宽得像黑海一样"——263公里——黑海的最窄处。

1923年普宁发表了小说《夜航途中》，将"夜航"放在了黑海：一条轮船从敖德萨驶往克里米亚途中，在一个港口停泊，两个男人在甲板相遇了。往事不堪回首，他们还是回忆了共同爱上一个女人的悲剧。小说的氛围沉郁而哀婉，叙述依托夜色中深沉的航行，小说结尾是这样的：

茫茫海面好像黑色的圆圈一般给笼罩在微微透光的夜色中的苍穹之下。小轮船隐没在这个渐渐变黑的圆圈中，坚持不懈地往

遥远的　狄康卡近乡

前走。在它的后面不断拖着一条懒洋洋滚动的乳白色道路，这条路向着远方延伸，向着夜色同海洋的交界之处，向着海平面延伸。在它的苍白色的映衬下，海平面显得分外昏暗和忧郁……

在塞瓦斯托波尔，我久久地站在夜色中瞭望黑海，感受着普宁的"夜航途中"，心情倒是很朗阔，丝毫没有他的淡淡的哀愁。也没有乡愁。

黑海就像一个巨大无比的乡村的湖，更多的是引发出行。

黑海是内陆海，岸再远，也是对岸。彼岸，要经过博斯普鲁斯海峡，到地中海，再到更远。

沙皇的彼岸叫作疆土。

彼得大帝高瞻远瞩，清醒地意识到俄罗斯的崛起，取决于能否得到黑海的出海口。他思想体系的最好继承者当数叶卡捷琳娜二世。这个女人坚信俄罗斯要想成为霸主，南方是必由之路，而不能控制黑海，俄罗斯通往欧洲的唯一水路就只能是波罗的海了。这实在太危险，一旦被封锁，帝国就困在了内陆。1776 年，为了实现她的强国梦，她将最得力的忠臣也是最靠谱的情人波将金派到南疆。克里米亚半岛自 1773 年从奥斯曼帝国手里夺来，才让俄罗斯在黑海东北岸有了立足之地。控制这里，瞭望君士坦丁堡（今日的伊斯坦布尔），才是更加值得觊觎的一块肥肉。波将金为心爱的女人开疆扩土，鞠躬尽瘁，为她专门建了一座拱门，上刻"通往拜占庭之路"。叶卡捷琳娜二世朝思暮想的，就是奥斯曼帝国崩溃，这样她就可以重建拜占庭帝国，就连伏尔泰[1]给她写信，都称"希腊帝国女皇陛下"。在一代又一代沙皇看来，当拜占庭帝国首都君士坦丁堡于 1453 年被土耳其人占领，莫斯

---

1. 伏尔泰（1694—1778）：法国启蒙思想家、文学家、哲学家，代表作有《哲学通信》《老实人》等。

科就成了东正教的中心，就是"第三罗马"。他们任重道远。1787 年 1 月初的一天，58 岁的叶卡捷琳娜二世带着浩浩荡荡的队伍，从皇村启程南巡，遗憾的是，她只能在塞瓦斯托波尔眼馋君士坦丁堡了。但她也绝想不到，1853—1856 年克里米亚战争中，英法联军攻陷了她指点江山的地方。她更想不到，自此，帝国日渐衰落。

黑海，是一面镜子，映照出了帝国的没落。

>艾瓦佐夫斯基的油画作品《黑海》

不能肯定地说因为如此，也不能肯定地说，黑海在 200 多米以下的水层中无氧存在，深海区和海底几乎是一个死寂的世界——总之，俄罗斯的艺术家、作家和诗人并不以黑海为傲。艾瓦佐夫斯基[1] 最爱黑海，他的《黑海》激起你的不是热爱，而是害怕。他们更钟情于身边的河流。果戈理和库因奇的第聂伯河是神秘美妙的，列维坦的伏尔加河是绚烂的，肖洛霍夫以家乡的顿河为背景的《静静的顿河》静水流

1. 艾瓦佐夫斯基（1817—1900）：俄罗斯著名画家，一生创作了 6000 多幅作品，以海景为主。他出生于克里米亚半岛的费奥多西亚，画了很多黑海。他的代表作有《黑海》《九级浪》等。

遥远的 _{狄康卡} 近乡

深奔流跌宕，至于涅瓦河更是出现在丘特切夫、勃洛克、阿赫玛托娃等无数诗人的爱和孤独中。

但黑海，还是因为一个人而赋予了俄罗斯诗人一个独特的气质。

二、希腊总是在那里

> 如果文明——不管是什么样的文明——确实像植被那样朝着与冰川相反的方向扩散，从南方到北方，鉴于俄罗斯的地理位置，则它怎么有可能会把自己隐藏在某个地方，远离拜占庭？

一个流亡的俄罗斯诗人如是说。他的话等于告诉死不瞑目的沙皇们，他们的帝国野心没有凌驾黑海之上，但一种文明，或者一个仪式，或者一方语言，总能超越战舰和火炮——抵达。

"黑海虽然深，但最后还是如履平地。"

诗歌做到了。或者说得更直接一点，渴望自由的诗歌跨过了黑海。

在塞瓦斯托波尔的黑海北岸，向西眺望，一个名字在海上升起。

他叫奥维德[1]。他的《哀歌集》和《黑海书简》成为古往今来被放逐者的精神之火。

他生于公元前 43 年，比但丁在《神曲》里的引路人维吉尔[2]小 27 岁，比另一位大诗人贺拉斯[3]小 22 岁。他很早就展示了非凡的诗的创造力，并获得爱情女神的青睐，三次走入婚姻殿堂，前两次短暂，第三位妻子与他相伴几十年。他应当用诗艺耕耘完满人生，却在公元 8

1.奥维德（前 43—17）：古罗马著名诗人。公元 8 年，被流放到黑海之滨的托密斯（今日罗马尼亚的康斯坦察），在当时是罗马帝国与蛮族的交界地带。他在那里度过了最后的生命。他的放逐诗歌影响深远，代表作有《哀歌集》《黑海书简》等。

2.维吉尔（前 70—前 19）：古罗马著名诗人，代表作有《牧歌集》《农事诗》《埃涅阿斯纪》等。

3.贺拉斯（前 65—前 8）：古罗马著名诗人、批评家、翻译家，代表作有《诗艺》等。

>奥维德纪念碑，在意大利苏尔莫纳市

年，被皇帝屋大维[1]放逐到黑海之滨的托密斯。此地位于罗马帝国边缘，是蛮族和帝国的交界地带，放逐在此乃严厉的惩罚。诗人当年12月离开罗马，走了好几个月到了流放地。

祸起一部《爱的艺术》。

当时古罗马内外交困，为了增加兵源，减轻边疆危机，屋大维力促元老院通过了鼓励生育的一项法律，又为了整肃道德出台了关于遏制通奸之法。为此，屋大维不得不对自己的女儿下手，将自己通奸的女儿尤利娅终生流放。可是，奥维德恃才傲物，竟然发表了《爱的艺术》，公然鼓励偷情，尽管在《哀歌集》第二部中向皇帝辩解："我只歌吟正当的恋爱，许可的偷情／我的诗里没有可定罪的邪性。"并进一步说明："但我若认罪，谁敢说那些公关表演不同样邪恶：关掉所有的剧院！"这等于火上浇油，因为在剧院中皇帝也津津有味地看那些偷情表演。屋大维决意赶走奥维德，还因为他在《爱的艺术》中多处讥讽、揶揄皇帝新政。

诗人很幼稚，还在恳求："给我一处安全的栖身所／别夺了我的祖国／又夺和平的生活。"他害怕被异族抓走，向皇帝求助，"别让你的公民做敌人的俘虏"。

1.屋大维（前63—14）：罗马帝国第一位元首，元首政制的创始人，统治罗马长达40年。他是凯撒的甥外孙。公元前44年被凯撒指定为第一继承人并收为养子。公元前43年，凯撒被刺后登上政治舞台。

遥远的 **狄康卡**
近乡

但他也深知："伤害我的不是小漩涡／所有波浪和整个大海都盖在我的头上。"

他一边在《哀歌集》里为自己做无罪的辩护，一边坦然面对放逐地的境况：

> 我曾亲见巨大的海面全部结冰，
> 漂浮的白壳镇住了谁的汹涌。
> 不只是看见，我还在坚硬的冰盖上踩过，
> 大海在我未湿的鞋下安卧。

如果说"希腊总是在那里"，《哀歌集》和《黑海书简》也总在那里，并成为俄罗斯诗歌的一个独特源头。

俄罗斯的诗歌自普希金开始就有一个传统，"发配与流放"成为高贵，成为对专制的反抗，成为自由的象征。也是自普希金开始，克里米亚抑或黑海成了一个独特的诗的地理空间。1820 年，普希金被发配南疆，他在黑海的航行与陆地的行走，播下了自由的声音：

> 世界空虚了，大海呀，
> 你现在要把我带到什么地方？
> 人们的命运到处都是一样：
> 凡是有着幸福的地方，那儿早就有人在守卫：
> 或许是开明的贤者，或许是暴虐的君王。
> 哦，再见吧，大海！
> 我永远不会忘记你庄严的容光，
> 我将长久地，长久地
> 倾听你在黄昏时分的轰响。

我整个心灵充满了你，

我要把你的峭岩，你的海湾，

你的闪光，你的阴影，还有絮语的波浪，

带进森林，带到那静寂的荒漠之乡。

　　在克里米亚东岸的美丽的古尔祖夫，诗人常在夜里一边走着，一边倾听大海的声音，所以才有了奔放的《致大海》。诗人停留过的地方命名为"普希金岩"。1900 年契诃夫写信给妹妹，"我在古尔祖夫，靠近码头和公园的地方，买下一小段有浴场和普希金岩的海岸"。而男低音歌唱家夏里亚宾也想在那里建筑一座自己的艺术馆。

> 《普希金与大海告别》，艾瓦佐夫斯基与列宾创作

　　1934 年曼德尔施塔姆被发配，而他 1923 年出版的《哀歌》用布罗茨基的话说，明显地引用了流亡中的奥维德的诗："谁能从再见这个词了解／离别在将来的意义……"曼德尔施塔姆怀念克里米亚的海浪

和悬崖。他被流放在沃罗涅日的日子里，有一次对夫人说："他们不能阻止我走动，我刚秘密去了一趟克里米亚。"当然是在梦中，或者是在诗中：

> 我的头在铁的温柔里晕眩，
>
> 锈细啃倾斜的海岸……

没有多少人会理解"为什么我的头要埋在另一片沙滩里"，正如不能理解布罗茨基为什么在《雅尔塔的冬日黄昏》最后两行，改写歌德《浮士德》的诗句。

歌德的原诗："停下，瞬间！你美妙……"

布罗茨基的改写："停下，这个瞬间！与其说你美好，不如说你不可重复。"

布罗茨基在 1969、1970、1971 连续三年，在 1 月都到过雅尔塔，冬日黄昏，在一个咖啡馆，他摄取了这样一组画面：

> 克里米亚的一月。冬季来到
>
> 黑海岸边好像是为了游玩：
>
> 白雪不能保留在
>
> 龙舌兰的叶片和尖刺上。

"不可重复"——布罗茨基更坚信诗人的独特的意义，即使是流放。1965 年，他被流放到寒冷的北疆的一个村子，"那里有 36 栋或 40 栋木屋，不过只有 14 栋有人居住。主要是老人和小孩，其余的居民，略微有些生存能力和力气的年轻人都离开了这个地方，因为那里穷得可怕，是没有希望的地方"。但他后来回忆起流放的日子，认为那是他"生平最好的时期之一"。

　　布罗茨基的父亲上过大学，参加过海军，二战期间保卫过塞瓦斯托波尔，随着前线向西推进，到过罗马尼亚，有一阵子担任过康斯坦萨港的军事总督——康斯坦萨——就是托密斯——公元8年，奥维德被罗马皇帝屋大维发配到的莽荒之地。要说布罗茨基与流放有缘，早在他的孩童时代，其父就与奥维德产生了联系。

　　年轻的布罗茨基要比衰老的奥维德勇敢："等候我们的不是死亡 /而是新的环境。"

　　奥维德留下《哀歌集》和《黑海书简》，死在那里。布罗茨基从流放地归来，成了一个新的诗人。但他至死都在流放中，先是葬于美国，最后迁葬在意大利威尼斯的圣米凯莱岛。

　　正是布罗茨基，他说："传统上俄语诗歌把克里米亚和黑海视为仅有的与希腊世界近似的地方，因为这些地方……曾是希腊世界的外围。"也可以这样理解，俄罗斯诗歌有关黑海的思绪，贯穿了对希腊文明的仰慕和敬畏。所以，诗人才会说"希腊总是在那里"。如今，塞瓦斯托波尔市民向游客介绍自己的城市时，会不由自主地说：我们的城市之名来自希腊语，意思是"光荣的城市""至尊的城市"。

三、"阿尔戈"号还在黑海航行

　　在塞瓦斯托波尔，从入住的"深层酒店"到海边，要经过一个山洞，越往下越潮湿，石阶上开始有水，当走出山洞，眼前豁然开朗。好一片辽阔的海。这时，海水不是雅尔塔的三种颜色，呈现出浓重的深蓝，远处航行的轮船在水面上就像一只巨大的白天鹅。回头再看山洞四周，是浅黄和褐色的岩石，颜色是分层次的波纹状，起伏如凝固的波涛。拿锤子敲下一块石头，一定能听见古老的潮声。

> 艾瓦佐夫斯基的油画作品《黑海》

黑海有多古老？

大约 18000—20000 年之前，黑海还是一个又小又浅的水域，叫做克星湖。公元前 5500 年左右的新石器时代，在它的沿岸，特别是南部，人类升起了袅袅炊烟。但相对于更早的文明，这里就是世界的野蛮边缘，直到 13、14 世纪，黑海才被希腊以及其他国家意识到了对贸易的重要性。然而，地中海虽然为黑海注入了盐分，却没为这片深色的水域带来蓝色之岸。这可能就是费尔南多·布罗代尔[1]耗费多年写出厚厚的大作《地中海与菲利普二世时代的地中海世界》，却对黑海忽略不计。

但黑海，不是没有美丽的神话。

在克里米亚的几个夜晚，只要我闭上眼睛总能看到一条船出海了，它从 20 世纪 80 年代的希腊起航，驶过地中海，穿过博斯普鲁斯海峡，然后一路向东。船上有一位探险家，提姆·赛维林，英国人。他的这艘船采用的是青铜时代的技术建造，为了证明远古时代的那次

---

1. 费尔南多·布罗代尔（1902—1985）：法国历史学家，年鉴学派的第二代代表人，代表作有《地中海与菲利普二世时代的地中海世界》《法国经济社会史》《十五至十六世纪的物质文明、经济和资本主义》等。

航行是可能的。提姆·赛维林遵循的是伊阿宋[1]指挥"阿尔戈"号前往科尔喀斯——今天的格鲁吉亚——去取一件稀世之宝金羊毛的航线。神话最后，伊阿宋回到希腊，带着金羊毛，还有美狄亚——科尔喀斯国王的女儿。

提姆·赛维林上岸了，即使是为了美酒。在格鲁吉亚有数不清的"美狄亚"餐厅和酒吧，"阿尔戈"牌啤酒最受欢迎。遗憾的是，那天中午在圣彼得堡，前往陀思妥耶夫斯基故居前，在大街上找了半天餐馆，最后走进的是一家格鲁吉亚风味的小酒店，烤鱼的味道棒极了，新出炉的面包香得舌头都醉了似的，可是啤酒不是"阿尔戈"。于是，在雅尔塔和塞瓦斯托波尔每次端起酒杯就当"阿尔戈"了，毕竟，这里的黑海与格鲁吉亚的黑海，是一样的。

至于产出过金羊毛的海岸，海水是不是三种颜色，不重要了。恍惚记得一位植物学家说过："无论古人是怎么说的，我可以说，黑海除了名字以外，没有一处是黑的。"

当我把克里米亚南岸喝过的啤酒都当作"阿尔戈"，怎能不在夜里听到潮声时，看到"阿尔戈"号继续航行在黑海。

金羊毛是有的，美狄亚也是有的——就看你，想要带回的是什么了。

阿尔戈人行动，一直都在。

克里米亚战争以尼古拉一世抑郁而死、新沙皇亚历山大二世登基却不得不屈辱求和而结束。1856年在巴黎签署的和平条约《巴黎和约》，让俄罗斯遭到前所未有之耻：黑海中立，在和平时期对任何商业船只开放，但不对军舰开放，从而让俄罗斯在其关键的南疆海岸线上失去了使用军港和军火库的权利。

1.伊阿宋：古希腊神话中的英雄，他是王子，在叔叔篡夺王位后，接受指令去科尔喀斯（今日黑海沿岸的格鲁吉亚一带）觅取金羊毛，他乘坐"阿尔戈"号船，历尽艰辛取得了金羊毛。

和约禁止任何国家在黑海沿岸建立碉堡，却没有规定不许修建宫殿。1860 年，亚历山大二世就在雅尔塔西，前看黑海背依山坡的里瓦几亚买了一块地，建起一大一小的两座夏宫，作为皇家的避暑胜地。1944 年 12 月的一天，罗斯福圈选了他与丘吉尔和斯大林高峰会谈之地——雅尔塔——而他下榻的正是里瓦几亚宫。罗斯福敲定了聚会地，丘吉尔锦上添花，给这次高峰会谈取了一个代号叫"阿尔戈人行动"。罗斯福欣然，给丘吉尔回信："你所建议的'阿尔戈人行动'非常好。你我都是直系后裔。"

　　于是，这两位带着各自国家的立场、利益，以及战后世界的新秩序，踏上了漫长之旅，到黑海北岸去寻金羊毛。

　　若干年后，我从黑海上岸，离开时带回一件 T 恤和一顶棒球帽，它们带着夜里黑海的颜色和早上黑海的浓浓味道。我毕竟是带不回美狄亚的，所以有这两样，很好。

　　但，谁又能反对我说，其实我带回了寻找美狄亚之美。

>作者在塞瓦斯托波尔的黑海海域游泳，上岸时留影

砍掉没落生活的最后诗意：樱桃园

一、窗外，传来砍伐樱桃树的声音

哦，契诃夫小镇。

1954 年，洛帕斯尼改名为契诃夫小镇，梅里霍沃村就在小镇边上，从莫斯科坐火车往南，75 公里的路程。要去，最好在 10 月，秋色渐起，明朗中透着一丝忧郁。这是属于契诃夫的格调。多少次梦中踏上寻访之路：清冷的风，稀疏的雨，光湿的叶子如剪裁的岁月胶片，而落到地面上的，则是从《带阁楼的房子》里飘下的文字，有人读来是忧伤，有人看来是凄美，还有人联想到自己，些许痛苦，些许温暖，些许希望，继而觉得与作家仿佛相识已久，都能向他倒倒苦水了。我们所敬爱的作家就是这样，走近他，他就成了普通的人，真实，亲切，也发脾气。

1892 年 3 月，契诃夫在梅里霍沃买下了一座大房子。曾经的主人是位画家，喜欢在画布上涂涂抹抹，懒得管理庄园，一些土地荒芜一片。这回好了，契诃夫全家都有活儿干了，园里有苹果树、李子树、樱桃树，还有许多醋栗，每个人都是园丁。契诃夫尤其干得欢实，整枝、栽种新树，甚至用树籽育苗，他还培植了许多喜欢的玫瑰。他沉

遥远的 _{狄康卡}
_{近乡}

>契诃夫在梅里霍沃的故居博物馆

浸在快乐之中，为拥有了自己的家，为能够靠写作让父母过上安心的生活。

理解契诃夫，还要理解作家的另一个身份：医生。他在1879年秋考入莫斯科大学医学系，五年后毕业。搬到梅里霍沃后，契诃夫就在方圆25公里的地方又开始了行医。他的朋友斯坦尼斯拉夫斯基[1]说，"他对自己的医道要比对他的作为一个作家的才能骄傲得多"。他问诊看病不是为了赚钱，其实也赚不了多少钱，很多病人都很穷，只能付很少的一点点钱。当医生占去了他的很多写作时间。

　　我的真正职业是医生，我不过在空闲时候偶尔写作而已。

于是，当一场霍乱流行时，他几乎把整个时间都用在了卫生防疫

1. 斯坦尼斯拉夫斯基（1863—1938）：俄罗斯著名的戏剧教育家、理论家，他能演、能导，具有丰富的舞台表演经验。他著有《演员的自我修养》《我的艺术生涯》。他建立了"斯坦尼斯拉夫斯基演剧体系"。

上，坐着马车四处奔波，没有一个卢布的收入。1894 年他又成了地方自治会的成员，还要关心卫生、教育、农业和道路等问题，有时还要去参加法庭的陪审团。

>契诃夫画像，俄罗斯画家奥西普·布拉兹作品

我仔细研究过一份那些年他的工作清单：建了三所学校，资助办刊，捐资助学，送书，修路，普查人口，等等。四处的行医和繁杂的公益活动，得以让他深入到最底层的民众之中。再看《农民》《醋栗》《出诊》和《在峡谷里》，就能找到那些冷峻、悲凉的文字出处。

前来梅里霍沃拜访的人很多，有些人属于不速之客，为了创作不受到干扰，他在别墅旁边又为自己盖了一间小木屋。在这里，最受欢迎的来者，是与他同年同月生的画家列维坦，再有怕就是美丽的米奇诺娃了，两人断断续续地爱了 9 年，最终还是没能走在一起。

遥远的 狄塞卡
近乡

他的《樱桃园》完成于 1904 年，是在克里米亚半岛的雅尔塔，但这部戏剧的序幕，是从这里展开的。1899 年 10 月，他的父亲去世了，他为自己未能最后看上父亲一眼而惋惜，给妹妹玛莎写信，"父亲死后，梅里霍沃的生活已经一去不复返"，希望母亲和妹妹搬到雅尔塔。告别梅里霍沃是很难的。他在这里写了《海鸥》《第六病室》《脖子上的安娜》《带阁楼的房子》等非凡的作品。这里有他栽下的树、培育的花。夜晚，那些来庄园旁边唱歌的姑娘们常常让他停下笔：

> 我爱那美丽的鲜花，
> 我爱走遍田野去采它，
> 我爱那蓝色的眼睛，
> 我爱夜晚吻你的面颊……

在契诃夫的书房，放着一张宽大的写字台，上有一帧柴可夫斯基的小像，还有台灯、稿纸、笔，墙上挂着家人的照片。透过窗户，秋日的树叶色彩斑斓，偶尔会有小鸟飞过去，显出一丝寂静。秋天一过，这里就变冷了，冬日里更是冷得漫长，而他的病需要去南方静养。

走是必然的了。

卖房子吧。可是来买房子的一些人看中的不是别墅和他的小木屋，而是对树林感兴趣——把树木砍掉卖钱。妹妹玛莎对他说，一个买主是做木材生意的，这下子树可要被砍光伐净了。这让他惆怅了半天。

我想，他一定是听到了砍伐树木的声音。

他爱那些树。

这一年的一次演出，斯坦尼斯拉夫斯基出演了《万尼亚舅舅》中的阿斯特罗夫医生，由于护林员病了，这位医生担当起了护林员：

森林越来越少，河流干枯，猎物消失，气候越来越糟，土地日渐贫瘠……每当我路过从农民斧头底下救下来的属于他们的森林，每当我听见亲手种下的树苗拔节的声音，我意识到我对环境多少起点作用。如果一千年后，人们感到幸福，我也是有点功劳的。当我种下一棵树苗，然后看着它泛绿，在风中摇曳，我的心里便充满自豪……

契诃夫的伟大就在这里——他能叫一位医生成为环保主义者，看护树林；又能让一个商人代表一股新的力量，砍掉旧的、过时的"樱桃园"——他总能站在时代的前面。

告别梅里霍沃，是带着窗外的一阵阵砍伐声的。

二、最后的《樱桃园》

每到一处新地方，我都会像埃利亚斯·卡内蒂[1]说的，"爱斯基摩人从海上登陆时的开心是发自内心的"。不错，有玫瑰的地方，就没有仙人掌了。陌生之境总会和心灵摩擦出闪电。抵达雅尔塔的第一个早上，从莱蒙托夫路转弯再到契诃夫路，往山上走，天空晴朗，但记忆的闪电不时出现。

契诃夫对新家充满期待，给玛莎写信："我买了一块地。在城外的高坡上，风景美极了！"当妹妹跟着哥哥看到那"风景"，心都凉了。这块地在一段陡峭的山坡，紧挨一条山路——就是我们此刻上山的路——但那时，山坡上没有任何建筑，连树和灌木都没有，只有一片

1.埃利亚斯·卡内蒂（1905—1994）：英籍犹太人作家、评论家、社会活动家和剧作家，代表作有《迷惘》《群众与权力》《人的疆域》等，1981 年获得诺贝尔文学奖。

荒芜颓败的葡萄园，园里的土像石头一样又干又硬。葡萄园用篱笆围着，旁边就是鞑靼人的坟地——但是，当我站在契诃夫故居对着山路的小门前，眼前都被绿树和浓荫覆盖了，别说昔日的衰败，就是房子的影子都看不完整。1899年9月搬进新家后，玛莎喜欢上了这里，眼里的哥哥又像在梅里霍沃，"挖土、栽树、培植灌木、种花，给它们剪枝、浇水。……他种过将近一百种玫瑰花"。

>契诃夫故居外景（范行军摄）

>契诃夫在雅尔塔的故居（范行军摄）

走下台阶，一根石柱上立着作家头像，年轻而严肃，不太像当时的作家。走进左边的大房子，宁宁去买票，我到里面看到一个放映厅，后面墙上挂着一排老照片。出来走到对面，还有一个小门，走进去就走近契诃夫最后生活过的地方了。沙石小路两旁大树参天，还有竹子，而我想看到玫瑰。

契诃夫一家搬过来不久，玛莎就回莫斯科的中学上课去了。契诃夫又陷入了孤苦伶仃，11月的一天给妹妹写信，"你写信和我谈戏剧，谈那个小圈子和'莫斯科式'的诱惑，你好像是在故意刺激我，好像你不知道我在这里有多么郁闷"。1900 年 2 月，给高尔基写信，"我感到烦闷并不是从厌世悲观的角度，也不是生活中的那些忧伤，仅仅是因为我缺少伙伴，没有喜欢的音乐和女人，雅尔塔是没有这些的。我烦闷还因为这里没有鱼子酱和盐酸菜"。

契诃夫在雅尔塔写的信如果用最少的字概括，就是：寂寞和孤独。

我还是没有发现玫瑰，可看到了金合欢花还是很开心，好像成了丹琴科[1]，打开了作家写来的信：

> 还种了五十棵修剪成塔形的金合欢树，许许多多的山茶花、百合花、晚香玉等等。

这边的寂寞与孤独，因为作品的越来越受欢迎，多少慰藉了他的心，尤其是戏剧，1896 年《海鸥》在彼得堡首演的惨败，一时让他喘不过气来，但 1901 年《三姐妹》在莫斯科艺术剧院首演大获成功，《万尼亚舅舅》在彼得堡上演同样获得好评。还有，11 卷的《契诃夫全集》也出版了 10 卷。走进他的书房，托尔斯泰的照片挂在高处，老人这年秋天来到克里米亚疗养，住在离这里不远的加斯普拉的一个别墅，他常去看望，有时是和高尔基。但他自己的身体却是每况愈下：咯血、腹泻、疲乏，而孤单常常让他感到"像在被流放"。一封写给妻子克尼碧尔的信真实地反映了作家的痛苦：

> 这里除了雪与雾以外，就没有一样别的新东西了。一切总是老样子，雨水从屋顶上滴下来，以及有了春天的喧嚣之声了；可

---

1. 丹琴科（1858—1943）：俄罗斯著名戏剧导演、剧作家、戏剧教育家，与斯坦尼斯拉夫斯基共同创建莫斯科艺术剧院，与后者联合导演了契诃夫的《海鸥》《万尼亚舅舅》《三姐妹》《樱桃园》和高尔基的《底层》。1930、1937 年先后把托尔斯泰的《复活》《安娜·卡列尼娜》搬上舞台。

遥远的 扶康卡近乡

是，如果你从窗子望出去，景象还是冬天。到我的梦中来吧，我的亲人。……我尽力一天写四行，而连这四行差不多都成了不可忍受的痛苦。……我好像暖和不起来。我试着坐到卧房里去写，但还是没有用：我的背被炉火烤得很热，可是我的胸部与两臂还是冷的。在这种充军的生活中，我觉得似乎连自己的性格全毁了，为了这个缘故，我的整个人也全毁了。啊，我的亲人，我诚恳地向你说，如果我现在不是一个作家，那会给予我多么大的快乐呀！

但，那砍伐树木的斧头声，仿佛是催促和提醒。1902 年他还是写出了《樱桃园》的初稿。

我从作家的书房窗户向外看去，蓝天白云之下是一片蓬勃的绿色，这绿色，反衬着他的那些孤独与痛苦，我似乎有所感悟了，到这

>契诃夫故居（范行军摄）

里来，是被教诲也是被继承——既然，他的生命继承了那么多的黑夜和苦痛，我何尝不继承一些星辰和苦思？

《樱桃园》受到莫斯科艺术剧院两位创始人丹琴科和斯坦尼斯拉夫斯基的好评。1903年12月，他抱病去莫斯科指导

>契诃夫故居外景（范行军摄）

排练。1904年1月17日，是他的生日，也是他从事文学活动25周年。剧院决定在这一天演出《樱桃园》。在第三幕与第四幕之间的幕间休息时，丹琴科、斯坦尼斯拉夫斯基和全体剧院成员，文学和戏剧界的代表都登上舞台，大家和观众热烈鼓掌。在暴雨般的掌声中，他走上台去。他脸色苍白，面带微笑。人们看出来了，他是带着重病登上舞台的。观众都在喊："请您坐下！"

此前，我在斯坦尼斯拉夫斯基《我的艺术生涯》的这一页夹上了小纸条，那一页写道："他站在舞台的右方，脸色惨白而瘦弱，当人们向他献礼物和发表祝词的时候，他止不住咳嗽起来。我们心里非常难过。……这是一个盛会，但是带着葬礼的味道。"

此刻，我在这座安静的小楼里慢慢走着，走在1904年7月2日之后，他再也没有回来的客厅、书房、走廊。那天，在德国和瑞士交界的巴登威勒，他喝了医生递给他的香槟酒，静静地朝左侧躺下，不一会儿就永远沉默了。

遥远的 狄康卡近乡

在园子的南边一角，我找到了那把绿色的长椅——高尔基板凳。我坐了一会儿，想象着他和高尔基在这里聊天的样子。我相信，这时我听到了海鸥的声音。

我叫来宁宁，在这里留影，也就是该告别了。

三、砍掉没落生活的最后诗意

自从走进皇村，今日的普希金城，看到叶卡捷琳娜[1]宫，还有那些树木、湖水、雕像，我就想：秋天时在这里上演《樱桃园》一定好看，落叶满地，一片肃杀，多么吻合剧中的景色——那野外，那古老、倾斜、久已荒废的小教堂，那旧日的墓石，那破旧的长板凳，那夕阳西落。试想一下《樱桃园》与叶卡捷琳娜宫的关联：一、都是庄园，前者属于贵族，后者属于皇家，大小不同；二、都有爱情，樱桃园里的凄凉，女主人死了丈夫，情人又贪图她的钱财，而宫殿里的男主人彼得大帝倒是与叶卡捷琳娜恩恩爱爱；三、庄园主最后都没有逃脱失败的命运，一个穷途末路，一个失去统治。其实最重要的是，樱桃园与叶卡捷琳娜宫都应该从历史上消失。

这样说，彼得大帝[2]会不高兴的，这座宫殿是他献给皇后叶卡捷琳娜的礼物，而朗涅夫斯卡雅太太也不是一点不令人同情：丈夫死了，儿子死了，她逃避到了巴黎，六年后回来就面临家产被拍卖的危机，失去全省最好的樱桃园。但是，她依然沉溺于幻想，出手阔绰，还像过去一样，实际上是不敢面对现实。她和哥哥一起抱着百年橱柜不

---

1. 叶卡捷琳娜（1684—1727）：彼得大帝之妻，史称叶卡捷琳娜一世。1725 年彼得大帝逝世后，加冕为俄罗斯帝国女皇。
2. 彼得大帝（1672—1725）：史称彼得一世，后世尊其彼得大帝，是俄罗斯罗曼诺夫王朝第五位沙皇、俄罗斯帝国首位皇帝。他于 1682 年继位，1689 年亲政，1697 年派遣使团前往欧洲学习先进技术，本人则化名彼得·米哈伊洛夫下士随团前往。1721 他在与瑞典进行的战争中获胜，被俄罗斯元老院授予 "全俄罗斯皇帝" 的头衔。

>叶卡捷琳娜宫，在皇村（范行军摄）

放，认为它还会使家族一代又一代拥有勇气，岂不知它也只能是樱桃园的一个祭品。她空余悲泣：

> 我是生在此地的，我的父母，我的祖父，当年也都住在这里……要是丢了樱桃园，我的生命就失去了意义；如果一定非卖它不可，那么，千万连我也一起卖了吧！……

当她得知用9万卢布买走樱桃园的竟然是农奴的儿子罗巴辛，只能扶着桌子才使自己不会倒在地上。说到这个罗巴辛，一开始是令人讨厌的，尤其当他出主意，让主人"把这座樱桃园的树木都砍掉"，再出租土地摆脱破产，可以说是毫无人性。可是渐渐地，这个父亲和祖父都是樱桃园主人家的农奴，而自己凭着努力"翻身做了主人"的商人，却是有几分讨喜之处的。他有眼光，务实，看问题透彻，敢于批

遥远的 狄康卡近乡

评昔日的主人：

> 请原谅我说一句老实话吧，亲爱的朋友们，我一辈子可还没有遇见过像你们两位这么琐碎、这么古里古怪、这么不务实际的人呢。……你们必须把樱桃园和其他的地皮，分段租给人家去盖别墅，而且要赶快，马上去办。拍卖的日子马上就到了！要明白这个！只要你下决心，肯叫这里盖起别墅来，那么，你所需要的款子，要借多少就能借到多少，那你们可就有救了。

应该说，契诃夫把自己的一些思想和观念"植入"了这个农奴儿子的身上——必须砍掉旧的樱桃树，告别过去，才能走向新生。

1903年秋天，契诃夫与斯坦尼斯拉夫斯基讨论过此剧的名字。

契诃夫："听着，我为那个戏找到了一个极好的名字。"

斯坦尼斯拉夫斯基："什么名字？"

契诃夫："樱桃园。"作家看出来，导演并没有觉得这个名字有什么新奇的地方，所以用各种不同方法、各种不同语调与音色重复念着："樱桃园，听着，这是一个极好的名字。樱桃园。"

过了几天，契诃夫来到剧院，再一次念叨起"樱桃园"的不同读法。最后，斯坦尼斯拉夫斯基总算明白了那种深刻的含义：一种念法是一个有利可图的商业性的果园；一种念法是无利可图的——这种果园，在它正在开花时的一片白色中，隐藏着贵族没落生活的诗意，破坏它是可惜的，却是必要的。导演理解了，这就是契诃夫希望砍掉的樱桃园，而且是他含泪亲手破坏了的。

很多次，我尝试着大声念出"樱桃园"，用不用的语调和节奏，果然发现了这其中的奥秘所在。

了不起的契诃夫。

同样了不起的，还有翻译家焦菊隐[1]，1943 年 3 月，他在重庆写了《樱桃园》译后记："这座园子，虽然还在盛开着雪白的樱桃花，虽然以前的样子一点也没有变，外表上景色依然是壮丽的，然而，它已经是废物了……已经没落到非崩溃不可了，假如我们只留恋着以往，沉醉于它的外表的繁荣，而不面对社会转型的必然性，决然地砍倒旧的，建立新的，你就不能避免本身消灭。"

> 皇村（范行军摄）

　　走在叶卡捷琳娜宫沙沙作响的小路上，看着金碧辉煌的宫殿，还有一些剪枝得规规矩矩的树木，我确信在这里上演《樱桃园》更容易将人们代入更真实的场景：

　　　　安妮雅：永别了，我的房子！永别了，我的旧生活！
　　　　特罗费莫夫：你好，新生活！

---

1. 焦菊隐（1905—1975）：中国著名戏剧家、翻译家，北京艺术剧院的创建人和艺术上的奠基人。

朗涅夫斯卡雅：啊，我的亲爱的、甜蜜的樱桃园啊！……我的生活，我的青春，我的幸福啊！永别了，永别了！……

告别过去是困难的。

四、叶卡捷琳娜宫之被修复

1917年2月底，彼得格勒的妇女们也加入了工人的示威游行队伍，如火如荼的罢工、抗议引发了"二月革命"。1917年3月15日，沙皇尼古拉二世被迫退位，他本想传位给弟弟米哈伊尔·亚历山德罗维奇大公，但后者看不到皇位的未来，拒绝了。于是，罗曼诺夫王朝[1]灭亡。到了秋天，十月革命爆发。叶卡捷琳娜宫退出了历史舞台。

但它，差一点属于纳粹德国。

1941年，正是彼得大帝之女伊丽莎白·彼得罗夫娜登上皇位，又对叶卡捷琳娜宫进行扩建的二百周年——纳粹德国入侵苏联。德国人没有攻进列宁格勒，却炸毁了这座宫殿。从1741年开始，这里进行了持续的大规模扩建，改造后的宫殿长达300多米，超过了俄罗斯巴洛克时期的所有建筑。接着，第三任主人新科女皇叶卡捷琳娜二世[2]搬进了皇村，又一次大兴土木，荷兰风情被苏格兰式样取代。总之，一切奢华与辉煌，都在德军炮火下化为灰烬。

其实，我更愿看到一片废墟。所以，叶卡捷琳娜宫一楼照片上

---

1. 罗曼诺夫王朝（1613—1917）：统治俄罗斯的第二个也是最后一个王朝。1721年，此王朝第五代沙皇彼得一世被俄罗斯元老院授予"全俄罗斯皇帝"头衔，俄罗斯正式成为俄罗斯帝国，并于19世纪中后期叶卡捷琳娜二世统治时达到鼎盛。

2. 叶卡捷琳娜二世（1729—1796）：俄罗斯罗曼诺夫王朝第十二位沙皇，后世尊为叶卡捷琳娜大帝，也是俄罗斯历史上唯一一位被冠以"大帝"之名的女皇。她原名叫索菲娅·奥古斯特，出生于一个没落贵族家庭，父亲是普鲁士军队中的一位将军。1744年，她被俄罗斯女皇伊丽莎白一世挑选为皇位继承人彼得三世的未婚妻，1945年与彼得结婚并皈依东正教，改名叶卡捷琳娜。1761年，伊丽莎白女皇逝世，彼得即位，史称彼得三世。1762年，她率领禁卫军发动政变，推翻彼得三世，登基称帝。

的那些残垣断壁，更吸引我，就像庞贝城、圆明园、世贸大厦这些遗址，呈现着天灾与人祸，要比重建更有意义。在许多修复的照片上，能工巧匠们的专注眼神打动不了我。我更偏爱小店里修理钟表的师傅们，他们一双手极为灵活，拨动时间之弦。但我还是试着去理解这种修复工程，而且是用古代的技术把宫殿恢复原状，显示出的对历史遗产的尊重。至于这属于一种"自豪热情的生活姿态"，似乎过于牵强和夸张。意识形态上的"造势"往往是体质虚弱的"逞强"。

>作者与孔宁在皇村合影

　　走出叶卡捷琳娜宫，我视作走出巨大的"樱桃园"。大门口，那个中年男子还在吹长笛，不是来时的《舒伯特小夜曲》了。我无心静听，且有点气恼，时间太少园子太大，没有找到根据拉封丹寓言《送牛奶的女郎和瓦罐》塑造的雕像。1830 年普希金为它写了一首《皇村的雕像》：

遥远的 近乡 卡廉狄

少女掉落了水罐，罐子在峭壁上打碎，

她悲哀地坐下来，拿着无用的碎片。

奇怪！那清水从碎罐里总流个不完，

而少女对着永远的水流，永远地伤悲。

为了纪念我的小小的"伤悲"，离开圣彼得堡的那天下午，在涅瓦大街的一家书店，买了一本俄文版的《樱桃园》，虽然我不懂俄语。

它提醒我，每个人的身上都有着滋生旧的樱桃园的土壤。

该告别的，一定要告别，就像此刻……

读透一本好书，不仅仅是"读过本书"
更要"读懂本书"

为了帮助你更好地阅读本书，我们提供了以下线上服务

作者故事 听听作者的亲身经历，读懂文字背后的感情

听懂俄罗斯 戴上耳机，用声音为你呈现异国风采

记录感悟 人人都是文学家，随时记下自己的感悟

人生随笔 静心听散文，让你在生活间隙也能品味人生

微信扫码
加入**读者交流圈**
快来和本书书友聊聊